夢王国

沖縄戦幻想小説集

又吉栄喜
MATAYOSHI Eiki

インパクト出版会

目次

全滅の家

1

修行を怠らないように浜元彦市という本名ではなく、「僧」と名乗っている。人にも僧と呼ばせている。

辺鄙な島に住む異人や、山の魔物にさらわれた女や、神隠しにあった子供がある日、突然出現する・・・このような寓話や奇談に僧は物心がつく頃から興味をそそられた。

マングースやハブや蝙蝠など獣にかしずかれた怪しくも愛嬌のある神々がよく僧の夢に現れた。

小柄な僧は太平洋戦争開戦の一年前、十三歳のころ、立派な軍人になるという同世代の仲間を尻目に本物の生を見極めるため自分なりの修行を始めた。軍部や戦意高揚に沸き立つ浦添村G集落の人たちの目を盗み、近くの丘にある落差五メートルほどの滝に打たれた。家の庭では座禅を組んだり、断食をしたりした。

近くの駐屯地の日本兵の給仕をしていた母はほとんど家を留守にしていた。

僧の父は僧が母のおなかにいた昭和二年、流れ者の女と大陸か南洋の島に渡り、全く音沙汰がなくなった。

悟りを開こうと昼間は学校をさぼり、茅葺き屋根の木造平屋の自分の部屋にこもり入手した・・・軍の焚書から逃れた・・・宗教関係の本をランプの灯りを照らし、読みふけり、夜中はひらめきを求め、村の東の外れにある琉球王国時代の国王の墳墓に一人長く佇んだ。光や風、鳥やハブの声を聴ける境地になるにはどうすべきか、とカンカン照りの太陽の下、青白い月明かりの下、日夜瞑想した。

戦後は雨後の筍のように生まれた新興宗教が信者獲得合戦を繰り広げた。

僧はどこにも入信はしなかったが、できる限り各宗派の説法を聴きに小さい集会場に行った。

また爆弾の破壊を免れた沖縄本島の聖地をめぐり、可能な限り生き残った各地のユタ（民間のシャーマン）やサンジンソウ（三世相）の話も聴いた。

いつしか神がかった話を無意識に口にするようになり、人々から胡散臭い人間だと思われた。特に若い女とは完全に縁遠くなった。

戦争は非常に多くの若い男の命を奪い、若い女は懸命に結婚相手を探していた。頬がこけ、体も痩せていたが、僧を元気づけるようにいつも微笑みを絶やさない母や、口の動きも動作も活発な「軍国の女」の名残のある隣近所の女が何度か僧に見合いの話を持ってきた。若い女は占いは好きなようだが、ときおり常人とは思えない言動をする僧を警戒し、僧の見合いの話は一つもまとまらなかった。

父親の安否は全く分からず、僧は戦前から母一人子一人の母子家庭だったが、持病が悪化した母は昭和二十二年最期の時を迎えた。

次第に体の自由が利かなくなり、食べ物が喉を通らず、みるみる体がやせ細った。僧は日々衰えていく母の姿と正面から向き合い、手を握り、声をかけながら、死を忌むべきものだと考えてはいけない、新しい生への序曲だと自分に言い聞かせた。

母は僧に自らが生きてきた証を残すかのように口を動かし・・・何を言っているのか耳を近づけても聞き取れなかった・・・死を迎えた。

別れの時を一緒に過ごせたという・・・戦場では非常に多くの人が骨さえ拾えないような死に方をした・・・感謝を込め、母に自己流の追善の祈りを捧げた。

数か月もの間、不摂生な一人暮らしをつづけた僧は二十歳のある日を境に毎日頭痛に悩まされるようになった。

僧は・・・もとより民間療法は頭になく・・・頭痛を和らげるために起きているときも寝ているときも、ある仏教の布教者から買った、心身の苦痛を取り除くという数珠を手首と首にかけているが、一向に効き目はなかった。内心八つ当たりした僧は何の脈絡もなく、「人は不治の病に苦しみ、死ぬという不可避の運命に身をさらしながらなぜ戦争なんかしたんだ」「戦争は諸々の苦しみを一挙に消滅するための集団自殺だったのか？」などと考えたりした。

親も妻子もない、頭痛もちの僧は仏道にはいるしか生きる術はない、と自分に言い聞かせた。己を捨て去り・・・頭痛も自分から離れていくだろう・・・人のために、特に戦死者のために尽くそうと決心した。

運よく那覇市の或る小さい寺に入門が叶った。得度式も開かれず、剃刀の儀も墨袈裟の授与もなかった。ほとんど小間使いをさせられた。

檀家から寄進された、焼け残った赤瓦屋根の木造の家に多少手を入れた俄仕立ての、石積みの塀に囲まれた寺だった。戦時中はどこに隠してあったのか・・・大きな本尊・・・

立像・・・が奥まった所に安置されていた。高さ五十センチほどの木製の立像は帝釈天、阿弥陀如来、普賢菩薩など、今までに見たどのような仏像とも顔かたちが違っていた。どちらかと言うとこの寺の住職の顔に似ていた。自分の顔を彫らせ、仏にしたのだろうか。

まだ三十代に見える小太りの、五分刈り頭の住職は目は細く、目じりが吊り上がっている。白と黒の縞模様の木綿の法衣を着け、女のような白い手に大玉の数珠を持っている。何時間もお経を唱えるから背中が曲がっているだろうと入門前の僧は想像していたが、背筋はピンと伸びている。

立像の前に大きな鈴、香炉、蝋燭が置かれていた。

僧の他に年配と二十代の弟子がいた。住職と二人の弟子は袈裟を、僧は作務衣を着け、朝晩の勤行、信者獲得のための辻説法や布教活動を行った。

住職は毎日「人はみな泣きながら生まれてくる」という説法をした。悲惨なこの世に送り出された命は不安と絶望の叫びをあげる。この叫びが泣き声だという。住職の言う「煩悩即菩提」という真理はまだ理解できないが、僧は「誕生の喜びの泣き声だ」と思っている。人の存在には深い意味があり、人生には重たい価値があると僧は思う。多く悩み苦しんだ人だけが本当の喜悦を知る。

袈裟を着た住職は時間を問わず檀家や布教に心を動かされた人々・・・地獄の沖縄戦を生き延びた人々を立像の前に集め、説法をした。なけなしの白米も与えた。

「寿命は運が決めます」と住職は言った。「何が運を決めるのですか」と痩せた、青白い顔の中年の女が聞いた。住職の傍らに座っていた僧は耳をそばだてた。住職は「ありがたいお布施が何もかも決定します」と言った。「戦死した人としなかった人を分けたのは何ですか」と長い髪を背中に垂らした若い女が聞いた。「戦死した人は我々の身代わりです。真心から供養しなければなりません」と住職は言った。

住職は「今世がつらく苦しくても、死ぬとまた生まれ変わります。来世は今世の念願が成就します」と言う。「わしはなぜ長寿ですかな?」と白髪頭の初老の男が聞いた。「長寿の家系に生まれたのです。子が増えるのは仏様の御心です。あなたの子ではありません。仏様のありがたいお子です。玉のように育てなさい。信心をしたら長生きできます」と住職は答えた。

住職は「この寺の本元はヒマラヤにあります」とか「支教地が富士山にあります」などと厳かに言った後、「国のため、国民のためにお寺の鐘を献納しました。みなさん、今度は民衆のため、平和のためにお布施を願います」と人々を見回した。

住職のひどく太った妻は安置料を取り、遺骨を預かっている。骨壷の数が多く、寝室からあふれている。弟子の僧侶の寝室にも所狭しと置いている。

苦悩している人には信仰が最後の砦になると僧は思う。しかし、この住職はどこか狂気に走っている。住職をやさしく現実に引き戻す使命がある・・・とは思うが、手段が分からず・・・別の宗教に行く気もなく・・・日々悶々と過ごしている。

寝室の多くの遺骨が脳裏に残り、満月のような丸い形の中に生命は包含されているのだろうか、などと考えているうちに僧は終戦まもなく沖縄の各地に建立された小さい慰霊塔を思い出した。

家の近くのガマ（自然の洞窟）には日本兵、沖縄住民の骨に混じり、米兵、朝鮮人の骨が納骨されているという噂が僧の耳に入った。このような骨たちは身を寄せながら永久に和むのだろうか。永久にいがみ合うのだろうか。年月は去り、土くれはならされ、岩の生々しい砲弾跡も落ち着いた色になり、草木は伸び、葉は茂り、台風の夜、風に転がり、ひしめき合い、ざわめいた骨たちは地中にこもり、静謐に身を縮める・・・。

住職も二人の弟子も太り、恰幅があり、態度も堂々としていた。背丈が低く、痩せている僧は劣等感があるのか、人見知りが激しかった。大勢の人の前ではほとんど口がきけず、住職や先輩弟子の確信に満ちた立て板に水のような巧みな説法に驚愕した。懸命に自分を奮い立たせ、住職の説法を身につけようと努力したが、どうしてもできなかった。檀家からより多くのお布施を集める修行も・・・住職は修行と言ったが・・・羞恥心が邪魔し、できなかった。

自分を奮い立たせようと奮闘しているうちに、いつしか寺の内実、住職の裏表の正体に気付いた。信者の真心からのお布施を「故人の成仏祈願のために大切に使わせていただきます」と言いながら夜になると急にウキウキしだし、鳥打帽をかぶり、巷に立ち始めた飲み屋の「夜の女」たちのところに足取りも軽く出かけた。

仏教・・・に限らず・・・宗教には自制心というものが不可欠だと思う。この寺に長居するのは危険だと僧は思うようになった。住職は仏陀の教えに変わる新しい仏教を創ろうとしている気配もある。

いつまでも経本をうまく覚えられず、たどたどしい読経の声に張りがなく、相変わらず人づきあいもうまくなく・・・このような僧を住職は大目に見ていた、というか無関心だったが、住職をひどく軽蔑する表情があからさまに顔に出るようになり、住職の心証を大いに害し、ほどなく破門された。

破門はこたえなかったが・・・破門なんか人生の一大事ではない、と平然を装っていたが・・・住職に失望した僧は、僕は心が堕落し、顔もどことなく品がなくなり、所作もだらしなくなったようだ、と思った。一日も早く立ち直ろうと僧なりに考えたが、修行欲も経文を究める気も湧かなかった。

少年のころ、戦争が迫り、近くに日本兵もいたし、戦死者の話も耳に入ったが・・・十八歳の戦時中、母と本島北部に避難した時、遠くに戦死した人を見たが・・・私と母の近くに爆弾も落ちたが、人が亡くなるという実感がわかなかった。亡くなったら人の姿が見えなくなり、声も聞こえなくなる・・・。

亡くなった人を自分なりに供養したかった。あのような住職の実態を知った後も僧は仏道修行を続けたかった。勤行に精を出し、辻説法やお布施集めとは無縁な仏の道を歩みたかった。

僧は母が残した畑や家や・・・終戦まもなく母が土地を売った時の・・・いくばくかのたくわえがある。

2

必死に自分を奮い立たせながら各地を転々とした末、昭和二十五年の秋、本島中部の宮里村にある年老いた住職一人だけの、××宗の小さい寺に拾われた。

この辺りは戦争の被害がなかったのだろうか。狭い境内には砂利が敷かれている。松以外の庭木は一本もなく、庭の隅に石の灯篭が立っている。

痩せた住職は毎日胸を張り、組んだ手を静かに膝の上においたり、合掌し、数珠をこすり、経本を読んだ。時々は瞑想しているのか、寝ているのか、よくわからない住職の下、僧は修行し、次第に頭痛も軽減し、心の安らぎを得た。

たいてい僧は掃除や買い物などの雑用・・・住職は修行だというが・・・の日々を送っているが、思い出したように住職は僧に「一人一人が死とどう向き合い、どのような人生を歩むべきか、熟考しなさい」と言う。戦争を体験した誰もが否応なく「死」の観念に日夜とらわれると僧は思う。戦死ではないが、三年前の母の病死以来、死はより身近になり、直視せざるを得なくなっている。

生まれたものは必ず死ぬという真理を誰一人知らない者はいないはずだが、しかし、なぜかこの真理を真剣に受け止め、諸行無常を自覚しているものは一人も・・・一人もと言うのは少し極端だが・・・いないように僧は思う。

戦争が終わったのがつい数年前のせいか、高齢の独り身のせいか、住職は思い出したように僧に「死」の説法をした。三通りの「死」があると住職は言う。一つは死ねば心身ともに一切が滅びる。二つは死んだら肉体と霊魂に分離し、霊魂が永続する。この二つは死の恐怖や命への執着を増し、迷いを深め、刹那的になり、自暴自棄になる。

「命は過去世、現世、来世にわたります。生と死は断絶せずに、永遠に生死を繰り返します。現世の終わり方が来世の始まりを決めます。亡くなった人の死は次なる生への瑞々しい出発です」

説法が深すぎるのか、非常に多くの人が戦死したからか、僧には理解できず、死は・・・母親の死にも向き合ったが・・・自分の範疇からかけ離れているようにしか思えなかった。

このような僧の顔色を読んだのか、住職は「仏道修行を全うされた方のお顔は本当に晴れやかです。ほほ笑んだお顔で旅立たれます」と僧に言った。

昭和二十六年四月初め、僧は朝の勤行中に久しくなかった激しい頭痛に襲われた。目が回り、座ってもいられなかった。急遽、寺の近くの、戦後米軍が創設した精神病療養所に運び込まれた。

僧は小太りの口ひげを生やした医者からレントゲン写真を見せられた。見た限り頭皮には傷らしい傷はないが、脳に砲弾の小さい破片が突き刺さっている。

「戦傷を受けましたね」

「十八歳の時、避難中頭に痛みが走りました。少し出血もありましたが・・・」

「妄想や幻覚はありませんか」と医者はレントゲン写真を見ながら聞いた。「頭痛以外に何の症状もありません」と僧は言った。

「このままほったらかすと様々な症状が出る可能性があります。日常生活に支障をきたします」

医者はいろいろと専門用語を並べ、説明した。医者が何を言っているのか、僧はよくわからないまま入所が決定した。治療費は全額琉球政府・・・米国民政府の補助のようだが・・・が負担するという。

頭痛の治療をうけやすいように、なにより仏道修行をあきらめたわけではないと自覚するために僧はのびだした髪を五分刈りにした。目が大きく顎が引き締まっている自分には坊主頭がよく似合うと僧は満足した。ただ頭の中の金属に刺激を与えないように用心しているが、ナース帽を斜に被った看護婦たちは遠慮なく「綺麗な頭ね」と言いながら撫でまわした。

僧たち患者は医者や看護婦や見舞客とすぐ見分けがつくように緑色の襟のない上着と、同じ模様のゴムひもの長ズボンを着させられている。

横に長いコンクリート平屋造りの五棟の病棟がL字型に立ち並んでいる。たいてい一棟に四室か六室ある。

軽度の療養患者用の・・・病院ではなく・・・療養所だし、特に危険な患者ではないからか、僧の病棟は医者や看護婦の部屋のある病棟から最も外れにある。


いつも昼間の自由時間の三時は中庭のガジュマルの木陰に置かれた木製のベンチに座り・・・ただぼんやりしていると周りの人は思っているようだが・・・瞑想している。

療養者の何人かは生の意味というか、何らかの生きがいを見つけようとしている。あるものは毎日朝夕庭にいくつかある花壇の草花を深く味わっている。あるものはいつも心から人に笑顔を見せている。あるものは詩歌の創作に没頭している。

この日のこの時間はどうしたわけか、療養所の塀の向こう側の海の香りにうっとりしたくなった。頭痛が起きる予兆もなかった。

二メートルほどの高さのブロックコンクリートの壁が療養所をぐるりと囲んでいる。塀の内側には十数本のモクマオウが塀に沿うように植えられている。

正門は鉄格子のような扉に鍵がかかっているが、僧の病棟の近くの裏門の木戸はどういうわけか不用心にも内側からわりと簡単に開閉できた。

僧は裏門を出た。赤土の土手を下りた。生き物の足跡のない砂浜がずっと先の方に伸びている。白い小さい波が砕ける波打ち際やアダンなどの海浜植物に添うように歩いた。なんとなく肌寒い風が吹いている。潮の香りが僧の胸深く入った。僧は草履を手に持った。足裏の砂の感触が心地よく、いささかうっとりした。時々立ち止まり、砂をすくったり、小石を水面に投げたりした。

十五分はたっただろうか。僧は来た道を戻った。療養所の近くの浜に近づいた。

一メートルほどの大きさのこげ茶色の平たい岩に少女が一人座っている。一瞬幻想かと思った。少女はいつもこの海岸に来ているのだろうか。僕のように今日たまたまどこかから出てきたのだろうか。

少女の白いワンピースの膝に落ちたコバテイシ（ももたまな）の広い葉の影が揺れ動い

ている。

若い女に全く縁がないからでもないだろうが・・・引き寄せられるように近づいた僧に「一家全滅の家から夜遅く三線の音と悲しみに満ちた弱い泣き声が聞こえるらしいんです」と少女が言った。か細いが落ち着いた声をしている。

僧が何日か前、療養室・・・一室に四人の療養者がいるが・・・の米軍の野戦病院用とも思える金属のベッドにあおむけになり、読んだ新聞の小さい記事に一家十人全滅の家の話題が載っていた。少女が言うような噂話は宮里村の小さい池原集落に広まっている。

少女はもしかすると僕と同じ療養所の・・・男子病棟と女子病棟の行き来は禁じられている・・・療養者だろうか。療養所の一キロか二キロ先にあるという池原集落の人だろうか。

池原集落は焦土と化したが、いち早く本島北部に避難した一割ほどの集落民は生き残ったという療養所の人の声が僧の耳に残っている。

海面は陽に鈍く光っている。春の柔らかい日差しのせいか、少女の顔はとても柔和に見える。

前髪が額やこめかみに垂れ、まつ毛の長い、二重瞼の目をこころもち見開いている。唇は見た目には細く、小さめだが、どことなくふっくらとしている。

しかし、目は大きく、瞳は澄んでいるように見えるが、なぜか表情は暗い、と僧は感じた。

少女は海浜には似合わない、米軍が沖縄にはやらせたような黒いハイヒールを履いている。かかとが半分くらい砂に潜り込んでいる。

裾が春風にしきりに揺れる白いワンピースのせいか、ふと少女が幼女に見えたり、大人の女に見えたりする。

「いつもここに来るの」

僧は聞いた。

「初めてです。今日、お坊さんに会いに来ました」

少女の声はどこか弱々しいが、一言一言はっきりしている。僕の正体を知っているのだろうか。

不思議な少女にぼぅとしているのか、僧の目には波打ち際に波が寄せ、引くのが映るが、音は耳に入らなかった。

ここに少女がいるとわかっていたら囚人のような療養着ではなく開襟の上着かなんかを

着てきたのにと僧はふと、いささか悔いた。

僧は少女の前に立ち尽くしたまま唐突に「一家全滅の家のあたりは霊が満ちています。家だけが少しも傷つかず残っていますが、あの辺りは池原集落の人たち以外にも県民、日米の兵隊など戦死者が出ています」と言った。

家だけが残っているという噂は耳に入っていたが、あの辺りがどういうところなのか、僧はわからなかった。

少女は姿勢を正し、僧の目を覗き込んだ。

少女は精神病療養所に一年以上も入所しているが、薬が効かずに・・・薬太りと言うのはよく聞くが・・・細身になっている、とまた唐突に僧は想像した。

「あなたは精神病療養所の療養者ですか」と僧は聞いた。少女は首を横に振った。

「ユタもあそこには小さいウガンジュ（拝み処）さえ造ろうとしません」と少女は言った。

「・・・」

「ユタも自分に降りかかる祟りを恐れているんです。皇国思想の日本の憲兵が怖いのです」

「・・・憲兵？　戦争中の？」

少女の美しい瞳が僧の目を見つめ、「浜元さんはお坊さんでしょう？　療養所の看護婦さんが言っていました」と言った。

「・・・だから坊主頭です」

「あのヒジュルグワンス（冷たい位牌）の家・・・一家全滅の家の七回忌の法要、成仏祈願をしたいんです」

「七回忌の法要？　あなたはあの家の人と関係が？」

「私と同じ池原集落の人たちです。あの世の人はこの世の人に救いを求めているんです」

「・・・」

「私、月子と言います」

少し変わった名前だと僧は思った。

「お坊さんは療養中の身ですが、あの一家全滅の家の人たちの七回忌の供養をしていただけませんか」

「・・・」

「実は朝鮮の奥深い山村出身の飲み屋の女主人にお願いしました。あの女の人は苦悩に満ちた人生を送っているからウガン（祈り）の力があるんです」

「・・・」

「私、叔母や従姉とあの女の人にしようか、集落の外れに住んでいるサンジンソウの男の人にしようか、と何日も悩みました」

　あの女の人と言うのはユタだろうか？　ユタは戦前の軍部に廃業させられたが、今は復活している。

「最終的にあの飲み屋の女主人に決めました」

　僧はうなずいた。

「女主人は霊感があり、供養もできますが、今は日本兵相手の従軍慰安婦が忙しいから、と断わられました」

　日本兵相手の従軍慰安婦・・・戦争は終わったのに？　米兵相手、の間違いだろうと僧は思った。

「・・・僕の故郷にもユタがいたけど、戦前戦中日本軍に徹底的に取り締まられた後遺症なのか、戦後の今もウガミ（祈願）ができなくなっているよ。普段の隣近所の人たちとの挨拶もおびえるんだよ」

「お坊さん、お願いします」

僧は一瞬近くに寺があり、年取った住職もいると言いかけたが、急に夢見心地になり、何かに導かれたかのように、あの家やあの人たちを救えるのは自分しかいないという妙な自負が頭をもたげた。「神や仏とまでは言わないが、自分は何か使命のある生まれをしている、としょっちゅう言っていたが、ある日急に頭痛が起こり、無口になり、今は精神病療養所に入っている」と一気に言った。

「自己卑下をしてはいけません。あなたは人々を救うお坊さんですから」

少女は妙に諭すように言った。

「一家全滅の家をお寺にしたら？」と僧は唐突に言った。

「お寺に？」

「一番の供養になる」

「一週間以内に七回忌の供養をしてもらいたいのです」

「・・・供養は身内や親戚などがやらなければ本当の供養にはなりません。身内や親戚の血があの世の人の血になるんです。僧侶ではなく、身近な人が真剣にやるべきです」

「本当に急なお願いですけど、どうにかお願いします。ご供養料も何とか準備しますから」

「奇想天外な話だから、少し考える時間を・・・」

「奇想天外ではありません。・・・どうか」

「考えておきます。今日のところはお引き取りを」

お引き取りを、などと言うのは日頃の自分の言葉ではないと僧は思った。なぜ僕は変に硬くなっているのだろうか。

僧侶と言えども急な七回忌の話は考える時間が必要だから、と僧は言いかけたが、僧の目を見つめていた少女が「明日、この時間にここに来ます」と言った。

少女は平たい岩から立ち上がり、ゆっくりと歩き出し、海浜植物の茂みのわきの小道に消えた。

この日の夜、僧は夢を見た。旧家の一族すべてが蘇鉄の毒にあたり、一日のうちに死に絶え、古くから続いた血が途切れた。

僕・・・では何の力もないと毎日卑下していたが・・・の力を認めてくれた少女はもう二度と僕の前には・・・僕の無力に気付き・・・現れないような気がした。しかし、きっと現れると自分に言い聞かせた。

長い間読経から遠ざかっている僧だが、肌身離さず持ってきた経本を療養室の小さい木製の棚の引き出しからとりだし、看護婦や同室の療養者に気づかれないように気を配りながら経文を暗記し始めた。

戦争中米軍の野戦病院用だったと思われる金属の簡易ベッドに敷かれた薄い布団に僧は寝た。いつもはさほど寝返りも打たずに・・・熟睡ではないが・・・寝入った。しかし、今夜はなかなか寝付けなかった。金属の格子がはめられた窓からあたかも僕に経本をしっかり唱えなさいと言っているかのように明るい月の光が差し込んでいる。

母も亡くなり、財産らしい財産も恋の思い出もなくこの先・・・退院後・・・僧侶の修行だけが、僕の人生の支えになると自分に言い聞かせた。少女は熱心に頼み込んだ。もしかすると僕は以前立派な僧侶の時もあったのでは？　記憶にはないが・・・庶民のために善行を施したのでは？　僕自身も知らない能力をあのどこか不思議な少女は知っているのだろうか。僕の読経が一家全滅の家の人たちを成仏させうるかどうかわからないが、少なくとも、澄んだ瞳にどうか願いを叶えてくださいという光をためた、あの少女の心は安らかになるだろう。僕にも人助けができる。ふいに胸が高鳴った。僕が少女から七回忌供養の依頼を受けるのは天の定めの修行の一つなのだろうか。読経中に頭痛がした。精神病療養所に入所した。近くの池原集落の少女が現れた。こういうのを因果と言うのでは・・・

仏の報せではないだろうか。

昨日と同時刻の昼三時。空は晴れあがっているが、風が海鳴りのようにうなり、海浜植物の枝葉を揺らしている。四月だというのに大きな落葉がいくつも砂の上をかさかさと音を立てながら動き回っている。

どうしたわけか・・・だぶだぶの白い開襟の上着を着ているせいか・・・傷痍軍人の白い着物を連想したのか・・・まちがいなく錯覚だが・・・海岸に散在する白い石が雲の流れや光の当たり具合により戦死者の頭蓋骨に見えたりする。

海浜植物の木立の枝や葉の間から陽が差し込んでいる。平たい岩に座った三つ編みにした、少女の白い顔に木の葉の影が揺れている。

小鳥が海浜植物の枝を騒がせただけだが、少女は驚いたように身をすくめた。白いワンピース姿の少女は平たい岩から立ち上がり、僧に微笑んだ。白い歯が陽にかすかに輝いた。

僧の目には自分に寄り添ってくるような少女が不意にか弱く映り、ああ、どうか少女と会っている間だけでも頭痛が再発しませんように、と祈った。平たい岩に僧が座り、少女も座った。

「少女のころは平気の平左でしたが、今は木立の中の陽もまぶしく感じます」

少女が言った。今も少女なのに、と僧はぼんやり思った。

「もう一度あのころに戻りたいんです。海辺を飛び回っていた蝶のように」

「蝶のように？」

「私は悲しくなるから本当はここに来たくないんです。でも来ないと苦しいんです」

少女はあどけない顔をしているが、陽光に眉をしかめたとたん、十何年も苦悩をため込んだ大人の女のような表情に変わった。

「目を閉じて、海の風にうっとりしたいんだけど、少しでも目を閉じると人々の叫び声や砲弾の音が耳に入ってくるんです」

「・・・」

「怖くて目を閉じられないんです」

「・・・」

「お坊さんは戦争前の夢を見たりしますか？」

「戦争前・・・たまに見る」

「私は毎晩見ます」

「毎晩？」

「七、八年前の楽しい日々を毎晩思い出すんです」

少女が何を言っているのか、何を言いたいのか、僧はよくわからなかった。

「お坊さんが七回忌の供養をしてくれると全滅した一家の努君とうちの魂はきっと安んじます」

「努君とあなたの魂？」

「七回忌供養を見ず知らずの、縁もゆかりもないお坊さんにお願いするとは思いもしませんでした。でも、やはり因縁だと思います」

僧はどう言っていいか、わからなかった。七回忌というと六年前・・・今年は昭和二十六年だから、昭和二十年・・・昭和二十年に一家全滅したのだろうか。

「お坊さんが七回忌をやってくれないと努君もうちも悔しい、悲しい、淋しいと思いながら死んでいかなければならないんです」

少女は物憂げなまなざしだが、情熱を込め、僧の目を見つめている。僧は身震いがした。

「・・・努君は亡くなり、あなたは生きているのでは？」

「鮒は滋養があるし、熱さましとかの薬効もあります。だけど少年と少女だった私たちに鮒はあくまでもただ、手づかみにするもの、私たちを熱中させるもの、物事に夢中になる至福を教えるものだったんです」

「・・・」

「ある木が夢によく現れるけど、どうしても名前が思い出せませんでした。ある朝、目が覚めた時、やっとガジュマルだとわかったんです」

ガジュマルはありふれた木だが、と僧は思った。

「努君とよく苺取りをした後、野原にポツンと生えているガジュマルに一緒に登ったんです。地表からも周りが見渡せるから、見える風景は予想できたんだけど、なぜか変わった風景が開けるような気がしたんです」

「・・・」

「ガジュマルは気根が多いから登りにくいし、枝も錯綜しているから上では遊びにくいんです。でも、登ったんです。・・・いろいろな鳥も飛び交っていました。ある日、高い枝に巣を見つけた私と努君は卵とひながいないか、胸を高鳴らせ、登り始めたんです。すると、どこからか飛んできた親鳥が巣に降り、私たちを威嚇するように羽をばたつかせたけど、なおも私たちは近づきました。親鳥は慌てふためいたけど、飛び去ろうとはしませんでした。私たちは枝にしがみついたまま様子をうかがいました。巣の中に卵かひながいるのは間違いありませんでした。卵やひなや親鳥がかわいそうになり、私たちは木から降りました」

「・・・」

「努君からもらった図鑑は今でもよく覚えています。春の頁には赤い野苺や空を飛んでいるひばり、夏の頁には大きな夏ミカンやギンヤンマというふうに四季の風物が写実的に描かれていました。おいしそうな果物、美しい小鳥などを私は食い入るように見つめました」

少女は努君という少年との思い出話に浸っているが、僧は少女の美しい顔や声に見入った。血統の良さや恵まれた環境や絶え間ない向上心が少女を美しく高みに押し上げているのだろうか。もしくは天の恩寵がかくあらしめたのだろうか。

療養中の今は僧の道というか、仕事から外れているが、少女は僕を見込んでいる。僕自身でもわからない僕の力を見抜いている。

自分を見つめる少女の目は哀願の光をためている。このどこか切実な少女が七回忌の供養を頼めるのは僕しかいないのではないだろうか。

しかし、同じ池原集落の人とはいえ、身内でも親戚でもないのに・・・努君という友達はいるようだが・・・一家全滅の家の人たちの七回忌供養をするというのは奇特な少女だ、見上げた行為だと僧は思った。

「牛を世話していた時、角につかれそうになった私を努君が救ったんです。でも、努君は瀕死の重傷をおってしまいました。医者に見放されたけど、奇跡的に回復しました。三か月もの間、懸命に戦ったんです。ものすごい意志力でした。三か月間、私は毎日祈りながら泣いていました」

少女は物柔らかな声をし、表情は愁いを帯びている。供養を断る・・・断る気はないが・・・ときっと泣き出すだろう。

少女に一つ意味深長な説法をしたいと僧は思ったが、なにも思い浮かばなかった。

しばしの沈黙の後、僧は「やりましょう。供養してあげます」と言った。

今の寺の住職は「女に心を許さぬように。近づかないように。永遠の聖女にあこがれるのはキリスト教の話です」と言っていたが、僕には女性を憧憬するという面が隠れているのでは?

「本当にやっていただけるんですね」

「一家全滅の家の人たちが生前愛用していた衣類、思い出の詰まった写真、人形や玩具、靴や下駄など何かありませんか」

少女は首をゆっくりと横に振った。

「お坊さん、明日もこの時間にいらっしゃってください」

「明日も？」

驚喜すると思ったが、なぜか少女は静かに平たい岩から立ち上がり、砂の上でもないのに足音も立てずに海浜植物の陰に消えた。

読経をしたら一家全滅の家の人たちが成仏するかどうか定かではないが、少女は僕の力を信じている。僕を高く買っている。供養はもしかすると生者の形式かもしれないが、少なくとも少女は心の底から満足するだろう。

自信たっぷりに受諾したが、人生初の供養を僕は本当にできるだろうか。母の七回忌なら正式にとりおこなわなければならないが、全く知らない人の七回忌だから適当に・・・適当にというのは不謹慎だが・・・僕にも供養できるだろう。

僧はできる、できると強く自分に言い聞かせた。

母の二年先の七回忌の予行演習・・・予行演習と言うのはひどい言葉だが・・・にもなるのではないだろうか。

月明かりが療養室の窓から差し込んでいる。多くの種類の薬を飲んだ同室の三人の療養者は眠り込んでいる。僧は目を凝らし、経本を暗唱しだした。

毎日の規則正しい投薬が今頃功を奏したのか、少女に・・・長い間、若い女に無縁だった・・・自分の存在を認められたからか、僕をからかうかのように時、処構わず起きていた頭痛が嘘のように消えた。

僧はふと少女の身の上を知りたくなり、早く夜が明けないだろうか、と思った。

3

いつだったか、よく覚えていないが、一家全滅の家が存在するという話は隣室の年老いた療養者からも聞いた。しかし、残酷非道を極めた沖縄戦ではさほど際立っているわけでもないからか、精神病療養者の話だからか、このしわがれた小声の老人の話は気にも留めず、ほとんど聞き流した。

終戦間もないころは戦死者の幽霊話が巷にあふれていた。自分の頭を持った兵隊が出征前の恋人の家の前に立ち尽くしていたとか、夜な夜な集落中の路地を何百人もの軍靴の音が響いたとかの話に、なにより生々しい戦死の有様の話に僧は身震いした。

骨や肉片が散らばってしまった霊魂は永遠に成仏できないという母から聞いた話は僧の頭にこびりついている。

今年、終戦六年目はさすがに戦死者の幽霊話は少なくなり、どこの誰それは違法な金儲けをしているとか、夫は花子と、妻は一郎と浮気をしているとか、姑が嫁にいびられているとか、というような話が僧の耳に入る。

一家全滅したという少女の話は沖縄戦の中では・・・努君という少年の話が出てくるから か・・・とりわけ残酷には思えないが、なぜか僧の胸にひしひしと迫った。

翌朝、僧はどういうわけか少女が半ば強引に自分を精神病療養所の療養室から連れ出しにくる予感がした。居場所がすぐわかるように午前の自由時間の十時から十一時までの一時間正門近くの中庭の梯梧の下のベンチに座った。近くを老若男女の療養者がぼんやりと行き来したが、少女は現れなかった。

僧は灰色のよそ行きのズボンに白い開襟の上着を着た。なぜか誰かに後をつけられているような、また物陰から誰かが見張っているような気がし、辺りを見回しながら用心深く木戸の裏門を出た。

一昨日、昨日と同じ時刻の、黄色っぽい春の日差しが海岸に照り付けている。

さざ波が立っているが、目をこすると海水が澄み、底の砂が白くぼんやり見える。晴れているが、日差しは強くなく、砂に落ちた海浜植物の影も輪郭がぼやけている。

三つ編みをした少女がこげ茶色の平たい岩から立ち上がり、僧を手招いた。

僧は足をはやめ、少女に近づいた。少女の白い顔に安堵の色が浮かび、ほほ笑んだ。

一昨日、昨日と同じ白いワンピース・・・よほど気に入っているのか、ほかに着る服がないのか・・・を着た少女の傍らに僧は座った。

僧は少女の身の上を知りたかったが、「今日は一家全滅の家の人の話を詳しく聞きたいんだけど」と言った。

「一家全滅の家の色白のお姉さんの前には日本兵が行列を作ったんですって。私の母が哀れそうに言っていました」

「・・・」

「あのお姉さん、戦時中に病気で亡くなったんです」

「病気で？」

「お坊さんのように精神の病いを患ってしまいました」

会うのは三度目だが、少女は妙になれなれしく一家全滅の家の話をするようになってい
る・・・僕が詳しく聞きたいとは言ったが・・・。

同じ集落の人の七回忌の供養依頼をなぜ少女がしたのだろうか。普通なら集落の長老や
顔役、或いは年配の女性がやりそうなものだが・・・。

ふとこの少女は一家全滅の家の唯一の生き残りではないだろうかと思った。

「あなたは一家全滅の家の親戚？」

「近い親戚も遠い親戚もいません。あの家の血は絶たれました。継ぐ人はこの世に誰もい
ません」

この少女は一家全滅の家の誰かに・・・努君と言う少年に・・・間違いなく、ひそかに
心を寄せていると僧は思った。

「あの家のお母さんは仏壇の柱に掛けた日めくり暦を毎日めくっていたらしいんです」

「息子が戦地から帰ってくるのが待ち遠しかったんだろうね」

「おじいさんは畑には必ず鍬と鎌を持っていったそうです」

「畑仕事をするんだから当り前では？」

「鬼畜米英の兵隊と戦うためです」

「・・・」

「私、馬車をひいた男の人が遺体を運んでいるのを見ました。あの男の人、一家全滅の家の長男だったような気がするんです」

少女の妄想じゃないだろうかと思ったとたん、息がつまった。

「あの家のおばあさんは気丈夫そうに見えるけど、いつもかまどに薪をくべながら泣いていました」

「・・・」

「怯える子供のために、おばあさんはかまどの神様に祈りを捧げていたのです」

少女が一家全滅の家の一人一人をこんなにもよく知っているのは戦前深い付き合いがあったからだろうか、と僧は思った。

少女が「人を苦しめたり、悲しくさせるのは人ではありませんか」と唐突に言った。

「猿や猫は人を苦しめたり悲しませたりはしません」

「人を喜ばせるのも人だよ」

「小学生の時、努君と遠足をしたんです。どこだったかはよく覚えていません。動物園ではなかったんだけど、猿を見に行ったんです。主の老人が柵にコールタールをたっぷり塗ってあったんです。私、猿がとても珍しくて、身を乗り出したから、母が買ってくれた一張羅の洋服がべっとり黒く汚れてしまったんです。老人の歪んだ笑いには歯を食いしばったけど、努君が慰めた時は我慢できなくて、大声で泣きました」

「・・・」

「努君、帆船の模型を作るのが上手でした。私、冗談半分に商売しない？　と言ったんです。だけど、努君はとても丁寧に作るし、手間暇がかかるし、これでは商売にならないね、とすぐ言いなおしました。不純な商売の話なんかして、と今でも悔いているんです」

「手が器用だったんだね」

「絵も上手だったんです。尋常小学校のころ、大きな軍艦をよく書いていました。白い波を立てながら進む軍艦の躍動感があると先生に褒められました。海は学校や家からだいぶ離れていたから努君、戦陣訓かるたや絵本や国策紙芝居から軍艦を想像したんです」

「・・・」

「お坊さん、あの家から泣き声とも笑い声ともつかない声が響き渡るんです。前にも話しましたけど」

「酒に酔った池原集落の人たちが入りこんでいたのでは?」

「池原集落の人たちは亡くなった人たちをとても大事にしているんです」

「・・・」

「もうすぐ七回忌です」

「庭先に池原集落の人総出で小さいウガン(御願)の祠を建てたら?」

民間信仰のウガンの祠は仏教とはかけ離れているが、と思いながら僧は言った。

「もう私たちも時間がありません」

「・・・」

「池原集落から海は遠いから私も努君もほとんど砂浜では遊ばなかったけど、怖い夢を見たんです。未だに忘れられません」

少女は夢の話をした。

遠くの広い砂浜に子供がいる。私は近づく。一人前に小さい二本の角を生やした鬼の子供たちがいばらの鞭や棍棒を振り上げ、一人の子供をしたたかに殴っている。子供は殴られながらもさほど小さくもない石を積んでいる。私は子供のすぐ傍らに立ち、しきりに子供に声をかける。頑張れ、努君、私もすぐ行くから。努君は目にいっぱい涙をため、石を積みながら、月子、この一番上の石を家の仏壇に置いた時、きっと僕が生まれるよ。私は必死に手を伸ばし、てっぺんの石をつかもうともがく。石に触れている感触は確かにあるのだが、まん丸い氷のようにつるつる滑り、どうしてもつかめない。しかも小鬼たちは努君がせっかく積み上げた石を蹴っ飛ばし、崩してしまう。私は小鬼たちの首根っこや二本の角を抑えようと焦る。しかし、私の精一杯の力のこもった両手は宙を切る。脂汗がにじみ、次第に激しい吐き気が生じた。

「怖い夢だね」

僧は座っているなめらかなつるつるした岩をさすった。

「早世する人は前世で罪を犯したっていうけど、本当ですか」

前世の業が今世に現れ、今世積んだ業が来世に現れる、と修業時代高僧や住職から説法を受けたが、少女と努君の寓話のような話を聞いた後は何も言えなかった。

「心も顔も美しい努君の前世は善に満ちていたと私は信じているけど・・・命を失ったのは十四歳の時なんです」

「・・・」

「本当は神も仏もいないんでしょう?」

「・・・います」

「嘘。じゃあ、なぜあんなに若い純真な努君が死んでしまったんですか」

ああ、今夜は若死にした人たちの夢を見そうだと僧は思った。

「僕がしっかり祈念します。ただ一家全滅の家は親戚もいないようだから池原集落の人は自分たちなりに供養をしてください」

池原集落の女性たちが担当を決め、旧暦の一日、十五日に、普段は締め切った戸を開け、お茶湯や線香をあげる。また清明祭や旧盆には仏壇を清め、てんぷら、餅、ゴボウ、かまぼこ、昆布などの重箱を供える。食糧事情もよくありませんが、このような供養をやってあげてください、と僧は意気込むように言った。

一家全滅の家の仏壇がどうなっているか、遺影や位牌があるのかないのか、わからないが、とにかく懸命にお経を唱えよう。

「僕はまだ修行中の身だが、真心からご供養、七回忌法要のお経を唱えさせていただきます」と丁寧に言った。

「四月三十日は夜七時にお願いします」

夜というのは少し不可解だったが、僧はうなずいた。

少女は僧と七回忌の供養式の約束を交わし、海浜植物の陰に静かに消えた。


僧は昭和十九年、十七歳の時、体格が小さく徴兵検査に落ちたが、帰り道、僕は兵隊ではなく、仏道を極める使命があるんだと自分に言い聞かせた。今も時々言い聞かせている。僧は精神病療養所の消灯後の夜の時間も金属のベッドにあおむけになったまま、ほとんど身動きもせずに一家全滅の家に思いをはせた。

やはり一家全滅の家を小さいお寺に改造・・・少女は関心を寄せなかったが・・・したらどうだろうか？

あの少女をはじめ池原集落の人たちに平和と鎮魂と布教のために協力を頼み、仏像か、もしくは塔のような崇拝の対象物、燭台や香炉を設置する。戦争の被害のない、この不思議な家はあの世とこの世の境界にあるともいえる。池原集落の人があの世に行くときにはこの場所に一休みし、供えられた泡盛を飲み、生まれシマ（村）に最後の別れを告げる・・・。

ふと僧は、ユタ、サンジンソウ、宮司、牧師などがこの一家全滅の家を聖地にしようと画策しないとも限らないと思った。

この夜は切れ切れの悪夢を見た。

戦時中、北部に逃げる途中、五人の日本兵が横一列に並び、切腹をする夢や自分が慰安所に並ぶ五人の兵隊を物陰から見ている夢は目が覚めた後も生々しく残っていた。

また、眠りに落ちた。今度はあの少女も出てきた。

海岸の木陰に座り、うつらうつらしていた僧は大勢の巡査に取り囲まれた。僧は驚愕した。逮捕容疑は一家全滅の家の土地・・・土地にはさほど価値はないと日頃思っているが・・・横領だという。警察や役場の捜査や調査に池原集落の人たちは誰一人口を開かなかったが、ほどなく釈放された僧は少女に「なぜ僕を泥棒扱いするんだ」と叫んだ。

目が覚めた。療養室の窓を開けたまま寝ていた。立ち込めた朝霧の中から忍び込んださわやかな朝の空気が体を撫でた。

4

精神病療養所からたった二キロほど先に一家全滅の家がある。

凶暴性や放浪癖がないからか外出許可は容易に取れるが、僧は入所以来一度も遠くに外出しなかった。

四月三十日の昼食後、外出理由は最初親友・・・など一人もいないが・・・宅訪問にしようかと考えたが、正直に「供養式出席のため」と書いた。食料が未だに不足気味の昭和二十六年の今、巷の人々はほとんど痩せ細っているが、僧担当の看護婦は背丈は普通だが、体重は優に八十キロをこす。消灯時間の午後九時までには帰ってくるようにと言う声にも威圧感がある。

夕方、寺での修業時代の作務衣を着け、数珠と経本をたもとに入れ、白い足袋に草履をはいた。一つ深呼吸をしてから一家全滅の家に向かった。木立や薩摩芋畑に沿った小道を足早に歩いたり、ゆっくり歩いたりした。

小高い丘の曲がりくねった道の途中、いつもの夕焼けがやけに赤く燃えているように見える。

後ろを振り返った。西の海の方角に美しい夕日が沈みかけている。

雑草も生えないような荒廃した原野に差し掛かった。散らばっている石灰岩のかけらが骨のように見えた。

土地の記憶に対峙する文学の力
又吉栄喜をどう読むか

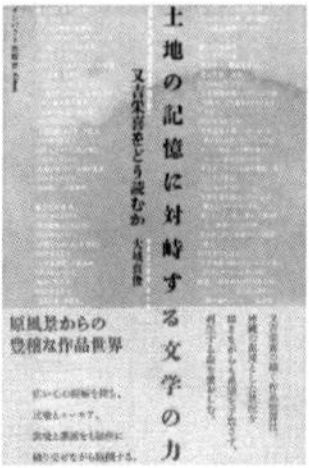

大城貞俊 著　四六判並製 307 頁 2300 円＋税
23 年 11 月刊　ISBN 978-4-7554-0341-5

又吉栄喜の描く作品世界は、沖縄の混沌とした状況を描きながらも希望を手放さず、再生する命を愛おしむ。広い心の振幅を持ち、比喩とユーモア、寓喩と諧謔をも随所に織り交ぜながら展開する。

琉球をめぐる十九世紀国際関係史
ペリー来航・米琉コンパクト、琉球処分・分島改約交渉

山城智史 著　A5 判上製 351 頁 3000 円＋税
24 年 2 月刊　ISBN 978-4-7554-0344-6

一八五四年にペリーが琉球と締結した compact の締結までの交渉過程を明らかにし、米国からみた琉球＝「Lew Chew」の姿を実証的に解明。日本・清朝・米国の三ヶ国が抱える条約交渉が琉球処分と連動し、琉球の運命を翻弄する。

3・11 後を生き抜く力声を持て
増補新版

神田香織 著　四六判上製 311 頁 2000 円＋税
23 年 11 月刊　ISBN 978-4-7554-0342-2

世の中はあきれ果てることばかり。でも、あきれ果ててもあきらめない。つぶやきを声に、声を行動に移しましょう。訴えは明るく楽しくしつっこく。神田香織が指南します。増補『はだしのゲン』削除にもの申す」

摂食障害とアルコール依存症を孤独・自傷から見る
鶴見俊輔と上野博正のこだまする精神医療

大河原昌夫 著　四六判並製 378 頁 2300 円＋税
23 年 11 月刊　ISBN 978-4-7554-0343-9

摂食障害と薬物・アルコール依存は家族と社会の葛藤をどのように写しているのか。恩師と仰いだ二人の哲学者、精神科医の語りを反芻しながら臨床風景を語る。

サハラの水　正田昭作品集

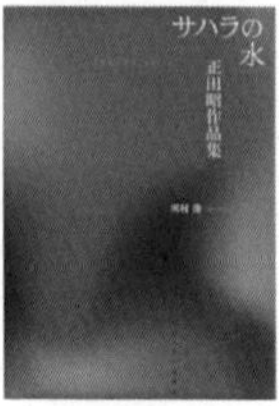

正田昭 著・川村湊 編　A5 判上製 299 頁
3000 円＋税 23 年 8 月刊
ISBN 978-4-7554-0335-4

「死刑囚の表現展」の原点！代表作「サハラの水」と全小説、執行直前の日記「夜の記録」を収載。長らく絶版だった代表作の復刊。推薦＝青木理「独房と砂漠。生と死。両極を往還して紡がれる本作は、安易な先入観を覆す孤高の文学である」。

昭和のフィルムカメラ盛衰記

菅原博 著・こうの史代 カバー絵
B5 判並製 123 頁　2500 円＋税
24 年 3 月刊　ISBN 978-4-7554-0347-7

安いけれどすぐに故障するという日本のカメラの悪評を、精度向上とアフターサービスで克服し、カメラ大国を作り上げた先人たちの努力の一端とフィルムカメラの発展過程を描く。

レッドデータカメラズ

昭和のフィルムカメラ盛衰記

春日十八郎 著 こうの史代 カバー絵
B5 判並製 143 頁　2500 円＋税
22 年 7 月刊　ISBN 978-4-7554-0322-4

デジタルカメラに押されて絶滅危惧種となったフィルムカメラ。3500 台のカメラを収集した著者がタロン、サモカ、岡田光学精機、ローヤル、ビューティ、コーワ（カロ）など今は亡きカメラ会社の全機種をカラーで紹介する。

ペルーから日本へのデカセギ30年史
Peruanos en Japón, pasado y presente

ハイメ・タカシ・タカハシ、エドゥアルド・アサト、樋口直人 、小波津ホセ、オチャンテ・村井・ロサ・メルセデス、稲葉奈々子、オチャンテ・カルロス 著
A5 判並製 352 頁 3200 円＋税
24 年 2 月刊　ISBN 978-4-7554-0345-3

80 年代日本のバブル期に労働者として呼び寄せられた日系ペルー人。30 年が経過し、栃木、東海３県、静岡、沖縄など各地に根づいたペルーコミュニティの中から生まれた初のペルー移民史。スペイン語版も収録。

最初の寺での修業時代、檀家の人から白骨の子を抱く白骨の母親を見たという話を聞いたせいだろうか。なぜか素通りできず、石灰岩のかけらを手に取り、たしかめた。人骨は一つもなく、深く息をついた。

約束を交わしたあの少女の異様な姿がふと脳裏に浮かび、いささか足がすくんだ。できるだけ頭を仏法の真理の「空（くう）」にしながら歩き続けた。

十五から十八歳の少年少女は日本軍に協力しなければならず、官僚や教員に導かれるままに召集された。美しかったという努君は学徒兵ではなかっただろうか、とふと僧は思った。たしか少女は努君は十四歳と言っていた？

ほのぼのとした道のかたわらの風景が僧の目に留まった。春の穏やかな風に吹かれながら天の恵みの白い花や赤い花が咲いている。しばらく行くと、草を食んでいた迷子のような白い山羊が僧に顔を向けた。僧は微笑んだ。

山羊は「一家全滅の家に案内致す」と言わんばかりにじっと僧を見た。かぐわしい香りが一面に漂っている。山羊を驚かさないように僧は息をつめたり、深く吸い込んだりした。

山羊はゆっくりと草むらの中に消えた。

ふと丘の道端の花を仏壇に供えようと思った。しゃがみ、白い花に手を伸ばした。しかし、供養式を行う僧侶は一心に経文をあげるべきだと思いなおした。出席する人々が花や果物を供えるだろう。

丘を下った小道の両側に広がる長い丈の柔らかい草は波のようにうねっている。

一家全滅の家の人たちは一人ひとり違った死に方をしたのではないだろうか、と僧は思った。

あるいは沖縄の内外の土や水にみんな個々別々に埋まり、沈んでいる？

誰もが誰にも看取られずにさみしく亡くなり、六年間も魂はどこかをさまよっていたのでは？

広い原っぱの赤っぽい土の方々に高さ一メートルほどの若い松がポツンポツンと生えている。標高は高くないが、春霞がかかっているのか、ところどころの小さい枝はぼやけている。

少女は、一家全滅の家の人の死体は見つからないと言っていた。この原野に十人全員が埋まっているのでは？

土の下に埋まっている……。じっと見つめていると赤土の色の正体は血に思えてくる。

もともとの池原集落だったこの辺りには大量の不発弾が埋まっているため池原集落の畑や野原や丘だったところに終戦まもなく新しい池原集落を形成したと、いつだったか、精神病療養所の看護婦が言っていた。

僧は周りを見回した。原野の真ん中辺りに、長年風雨にさらされたような、くすんだ木造平屋の、屋根を色褪せた赤瓦がおおった家が建っている。一家全滅の家に間違いないと思った。

僧は歩き続けた。

一面に砕かれたような大小の石が散らばっている。

「たくさんの爆弾が埋まっているらしいから気を付けよ」

僧は歩きながら自分に言った。赤土の細かい粒子が僧の草履にくっついた。

一家全滅の家のわきに立ち枯れした大きな、たぶん栴檀の木がある。木の下にあの白いワンピースを着た少女が立ち、僧を出迎えた。

たぶん戦前は石造りの垣根があったと思われる一家全滅の家の南側に二人は立った。

「池原集落は家も井戸も家畜小屋も墓地も壊滅してしまいました。生き残った人たちは丘陵の向こうに小さい集落をつくり肩を寄せ合うように暮らしています」

僧はうなずいた。

「この大里家は、明治のころ、馬の売買で土地を増やして、立派な家を建てたらしいんです。築七十年になります。母から聞いたんだけど」

「家は古いけど、特に壊れた個所はないようだね」

「辺り一面、灰燼にきしたけど、家だけは少しも傷つかないで残ったんです」

「家は無傷で、人は本当に全滅？」

「鬼畜米英のせいか、友軍のせいか、自決したのか、十人家族だけど、死んだ場所はわからないんです。殺されたのか、自決なのか、栄養失調なのか、一緒に死んだのか、一人ずつ別々に死んだのか、わからないんです。何もわからないけど、一家全滅したんです」

「なぜ全滅だと？　死体は？」

「池原集落の人たちがつてを頼って何年探しても見つからないから、亡くなっているんです」

「家人は消えたのに、家は消えずに存在しているんだね」

「何度、大型台風の直撃をうけても、この家はびくともしなかったって、母が言っていました」

「戦争もあって大型台風もあって、人の小ささを思い知らされるね」

「ある年の台風の翌日、大里家の近くにあった茅葺きの家が無くなったんです。池原集落の人たちが総出で探したら、集落のはずれの芋畑の中に立っていたんですって、母が言っていました」

「芋畑の中に？」

「今の池原集落があるところです。中にいた一人暮らしのおじいさんは気を失っていたけど、命に別状はなかったそうです」

家と家人は一体だという妙な観念が僧の中にわいた。あの大型台風の時、飛ばされたという茅葺き屋根の家の中にも家人はちゃんといた。一緒に畑に無事に落ちた。あの大型台風の時にも一家全滅の家はどこにも損傷を受けなかった？

「一家全滅の家の人たちはどういう・・・」

「戦前、主人の幸一郎さんは軍から預かった軍馬を育てたというのが自慢だったらしいんです」

「愛国者だったんだね」

「見るからにお国の役に立ちそうな毛が黒光りした頑丈な馬でした。わが子のように世話をしていました」

「・・・」

「今は空き家だけど、戦争前は十人家族が幸せに住んでいたんです。屋敷内に馬小屋の他に豚小屋もありました。屋敷の周りにはいろいろな野菜畑や蜜柑の木が広がっていました」

「家畜小屋の囲いは石造りだったと思うが、跡形もないね」

「井戸もありました。でもとても深かったから、私覗く勇気がなかったんです」

「・・・」

「屋根のついた木造の厩舎があり、軍馬が五頭いました。私も何度か努君と馬の世話をしました」

少女は家の方に顔を向けた。雨戸は開けられている。軒を原木の形のままの数本のチャーギ（イヌマキ）の丸太が支えている。僧は家の中を見た。縁側や廊下はなかった。正面の薄暗い床の間には古い仏壇がある。短冊を縦に並べたような朱色のトートーメー（位牌）もなく、たいてい床の間にはある三線を入れる箱もなく、まさしく家だけが残っている。

「ほんとに一軒の家以外、何もないな」

「家の周りには低い土手もあったし、農具や馬を洗う小さい池もあったのに、一体どこに消えてしまったのでしょう・・・私と努君、このアコウの大木によく登りました。努君は男だから下から三段目の枝に、慎重な私は二段目の枝に長い時間座りました。涼しい風にすがれながら小鳥のように唱歌のお山の杉の子を何度も何度も歌いました」

「努君も十人の中の一人なんだね」

「努君の遺骨が見つかったら私本当にホッとするんです」

「方々に造られだした共同墓に入れてあげるの？」

「私の家の仏壇に安置します」

「・・・」

僧は目を凝らし、薄暗い家の中を覗き込んだ。正面の仏壇にあるはずの香炉もなかった。位牌や遺影はともかく、香炉とか蝋燭は戦後池原集落の人たちが設けようと思えば設けられたはずだが、と僧は思った。

仏間の隣の部屋にも服とか鍋や鎌とか子供の玩具とか卓袱台なども何一つなかった。戦後のどさくさは長く続いた。盗まれたのだろうか。家を壊し、木材や赤瓦なども盗んでいきそうだが・・・。石垣や井戸の石材は持ち去られたようだが・・・。

十人家族というが、一体どんな人たちだったのだろうか？　故人のゆかりの品があれば供養もしやすいのだが・・・。

「日用品とか家具とか調度品も一切ないな」

「誰が盗ったのかわかりません」

「米兵が本国へのお土産にトラックやジープに詰め込んだんじゃないかな」

僧は手を伸ばし、さし示した。

チャーギの柱の上部に十センチほどの銃弾が食い込んでいる。

「鬼畜米英の弾らしいです」

戦争も終わった今、鬼畜米英と言うのはどうかと思うが、と僧は言いかけたが、「柱はびくともしていないな」と言った。

屋敷をぐるりと囲っていたはずの石垣は跡形もないのに、築七十年だという木造赤瓦葺きの家だけが建っている。やはり信じがたいが、年季のいった柱に残る銃弾の痕が戦前からの建物だという唯一の証拠になっている。

「家族写真も戸籍も軍の部隊記録も全部焼けてしまったんです」

「家だけ焼けなかったというのは不思議だね」

「骨壺もお墓も粉々になってしまいました」

「・・・」

「十四歳の坊ちゃん刈りの美少年の遺影だけでも立てかけられていたら、私は・・・」

「努君という少年?」

「池原集落の人たちがこの家の人たちの写真を懸命に探して、遺影を作ろうとしたけど、見つかりませんでした」

僧は目を閉じ、少女のいう努君の風貌を想像した。すると、どうしたわけか、この家の人たちはみんな品格があり、偉丈夫だったように思えてきた。

「努君にお経を唱えてくれる功徳で、あなた様は天国に行けます」

少女がさながら高僧のように断言した。驚いた僧は息をつめた。深くため息をついた。人は生まれるときは母親から生まれるが、死ぬときは場所も年齢も、手段や方法も、動機や理由もまちまちだと思った。

どこにいるのかわからない十人の死者が極楽浄土に行けるように経を唱えるのが僕の使命だ、と自分に言い聞かせた。

「この家の人たちの生きた証は本当にないの?」と僧は聞いた。

「あります。努君が私の心の中にいますから」

努君という少年を一家の代表というか象徴にしようと僧は決心した。少年と少年の背後の九人の人たちに心からの経を唱えよう。

5

夜は星も月もなく、闇に覆われた。荒野の何十本もの小さい松を渡ってきたのだろうか、松風の音がかすかに聞こえた。

いつの間に現れたのか、もんぺ姿の二人の若い女が少女の月子と一緒に家の内外の要所に石油ランプをともした。

明かりに中庭に敷かれたいくつもの茣蓙が浮かび上がった。

僧は驚いた。声がなかったからわからなかったが、総勢二十人余の・・・たぶん池原集落の・・・人々がいる。

戦傷を負ったのか、ひどく痩せた男は白い松葉杖を胡坐をかいた膝に乗せている。軍歌や唱歌を演奏でもしようとしているのかハーモニカを持った小柄の男もいる。一家全滅の家の人たちへの供物、着物や学用品や子供が喜びそうなおもちゃを老若の人たちが持ってこなかったか、僧はふと気になり、見回したが、何もなかった。

少女に促された僧は中庭の一番前の莫蓙に座り、家の中の薄暗い仏壇に対した。誰かが手入れでもしているのか、草らしい草はないのだが、人の生まれ変わりのように虫の小さく動く音や風にそよぐ草の葉音が僧には聞こえた。

「帰りたくないいな」「父や母との思い出をゆっくり懐かしみたいよ」「いつまでもいたいわね」「自分たちの過酷な運命にグソー（後生）でも耐えよう」

僧の後ろから集落の人たちの様々な声がする。

長めのおかっぱ髪の二十代の女が身を乗り出し、僧に言った。

「餌やりや掃除はお母さんの役目だけど、逃げた豚を連れ戻すのがうちの使命なのよ。小さいけど豚小屋からよく逃げるの。茅山や畦道を駆け回るもんだから、うちとても疲れるわ。でも最後には必ずうちにすり寄ってくるの。餌をねだるのよ」

この女の隣に座っている小太りの女が僧に言った。

「ここの井戸水、とてもおいしいよ。うちの家にも井戸はあるけど、うち、よくここに汲みに来るよ」

ここに井戸はもうないはずなのに・・・と僧は思った。

小太りの女の隣には着物にたすき掛けをした奇妙な格好の老女が座っている。「日本国万歳」と書いた白い鉢巻を額に締めている。

小太りの女が口を僧の耳に近づけ、「ほら、ほら、三郎を見てよ。徴兵検査に合格しなかったくせに花子の関心を買おうと、お金をちらつかせているよ」と言った。

「うちの義理の兄さんは激戦地に行くから、お姉さんと離婚してくれないかしら、とうちは思っているけど」

長めのおかっぱ髪の女が僧に言った。

「なんて不謹慎な。不敬罪よ。あんたの義理の兄さんはお国のために立派に戦地に赴くのよ」

目をぎらつかせた痩身の中年の女が長めのおかっぱ髪の女を叱った。

「義理のお兄さんは間違いなく戦死するわ。産めよ殖やせよの号令で、赤ちゃんを産んだ。立派に育てるためにどうしても旦那さんが必要なのよ」

長めのおかっぱ髪の女が言った。

乳を飲み終えた泣き虫の赤ちゃんは今度は大きな口を開け、お姉さんの首に吸いつくから赤ちゃんが寝入るころにはお姉さんの首には赤いあざが残るという。

「あの三郎、今の時世にジュリ（遊女）を後妻に迎えて、娘と対立しているのよ」

小太りの女が言った。

「三郎の先妻は、こんな男なんかより何十倍も立派な軍人さんをみつけて、必ず見返してやるといつも言っているよ」

痩身の中年の女が言った。

僧は、女たちの話は異様だと思いながら後ろを見た。池原集落主催の供養式にしては中庭の茣蓙に座っている人の数が少ないと思った。

夕暮れ時は天の明かりがまだあったが、今は十数個の石油ランプだけが灯っている。昨夜は星も多く、月の濃い黄色の光も精神病療養所の窓の外に落ちていたのに、今夜は・・・天気が崩れたというわけでもないのに・・・こんなに真っ暗になるとは・・・四月にこのような闇夜は信じがたく、僧は一家全滅の家の周りを見回した。

この世は闇だというかのように石油ランプ以外の明かりは近くにも遠くにもどこにもなかった。

風が止まったのか・・・僧には時間が止まったようにも思えるが・・・石油ランプの灯は少しも揺らがなかった。

少女が独り言のように「慰霊塔を建てられても、私なら絶対眠らないわ」と言った。

「何事もなかったのなら努君は一生天使のまま人生を全うできたんです」とはっきり言った。

僧は少女を見た。

「ああ、世の中の誰が努君の幸せを奪う権利があるの？　命を奪う権利があるの？」

少女は首を横に振りながら「努君の面影はしょっちゅう浮かぶけど、もう思い出してはいけないの？」と言った。

「努君は・・・」

「努君が一言でも私に慰めの言葉をかけてくれたら、一目でも努君が私の顔を見てくれたら、私はどんなに救われるか・・・」

中年の男が少女に「もう安んじろ」と弱々しく言った。

この男は何日も何も食べていないようなひどく痩せた顔をしている。大きい目は何かにおびえ、見開いている。

痩せた男の隣に座っている男は今は春なのに、ここは真冬の満州とでも思っているかのように防寒の軍服を着ている。

無精ひげの初老の男は悔しいのか、悲しみに耐えているのか、爪を膝に食い込ませ、下唇を強く噛んでいる。

三つ編みしていた少女の髪がいつの間にか洗い髪のように垂れている。

「お坊さん、今夜、私、どうかしたのかしら。いろいろと思い出すのよ。努君の声も笑顔も歩き方も」

僧は「努君の名前を口にするとどうしようもなく悲しくなるからよしなさい」と言った。

「忘れちゃいけないのよ。努君の顔が忘れられたら私はどんなに心が楽になるかしら」

「勉君は君の心の中に生きている・・・」

「子供のころ、いつも努君と一緒だったの。縁側でも庭の木陰でもよく昼寝をしたの。一つの枕に頭を並べて」

少女はしばらく黙ったが、顔を上げ、僧を見た。

「あの日が来るまでは努君も私もとても幸せだったのに・・・あの日が呪わしいわ」

あの日?・・・あの日に一体何があったのだろうか。僧はぼんやり思った。

「努君ははあんなに美しく、あんなに力に満ちていたのに、本当に消えてしまったの?」

「・・・」

「なぜこんなに苦しい目にあわせるの。苦しい目にあわさなければいけないの」

少女の腕にハーベールー（蛾）がはっているが、気にならないのか、振り払おうとしなかった。

少女が自分自身に話しているのか、僕に話しているのか、目の前の見えない誰かに話しているのか、僧はわからなくなった。

少女の努君への切々とした思いが胸にしみ、僧は真心から言った。

「ちゃんと供養しようね。一緒に成仏を祈念しようね」

輝いているというよりギラギラしている少女の目が柔和になり、青白い頬がほんのりと赤みを帯びた。

息を詰めていた僧は二度三度と深呼吸をした。

「お祈りを始めようね」

僧は草履を脱ぎ、古い茣蓙が敷かれた八畳間の仏間に入った。

六畳間の居間しか見えなかった。台所は居間の板戸の向こう側にあるのだろうか?

僧は仏壇の前に座った途端、緊張したのか、顔がほてった。修行中、経を唱えていた時にはすぐ足がしびれたが、今は長時間でもしびれる気配はみじんもなかった。

闇夜のせいか、石油ランプの灯が位牌も遺影も何もない仏壇を浮かび上がらせている。

香炉、線香、花瓶、水、酒、塩、餅、果物など供養式なら本来供えられるはずのものが何もない仏壇が・・・ヒジュルグァンス（一家全滅の家）が僧の胸を締め付けた。

僧は後ろの中庭を振り向いた。池原集落の人たちは全員合掌し、仏壇の方を見たり、うつむいたり、天を見上げたりしている。

一家全滅の家の人たちとこの池原集落の人たちを襲った運命は似ているのに、同じ道をたどらなかったのはどういうわけだろうか。人の宿命というものだろうか。

ふと僧は思った。戦死した人たちをこの世に呼び戻したとしても本当に戦死した人たちは喜ぶだろうか・・・。成仏させるための供養だ、この世に呼び戻すのではない、と僧は自分に言い聞かせた。

夜の風は吹いてないが、生暖かい空気が満ちている。どこか不気味な沈黙を紛らわすように僧はかたく目を閉じた。

6

僧は読経を始めた。ふと何気ないふうに見たらすぐ後ろの少女も合掌し、深く頭を下げている。

いつしか僧は忘我状態になり、声に力がみなぎり、読経が家中に響き渡った。

力強い読経に忍び込むかのように妙なざわめきが起こり、池原集落の人々の声が近くから聞こえてきた。僧は読経しながら後ろを振り向いた。

中庭の莫蓙に座っていた人々はいつのまにか一人残らず家の中に入っている。

僧は驚いたが、仏壇に向き直った。

後ろから老若男女の様々な声が僧の耳に入った。僧は聞き耳を立てる・・・聞き耳を立てても誰が何を言っているのかはわからなかった・・・つもりはなかったが、読経の声が小さくなった。

池原集落の人々は全員黙った。僧は読経の声をひそめた。

すぐ後ろから池原集落の人たちのすすり泣く声が聞こえる。ほどなく泣き声は歌声に変わった。沖縄のわらべ歌の「花ぬ風車（かじまやー）」をみんな精いっぱいに歌っている。

しかし、思うように声にならず声が途切れたりする。

まもなく歌声は消えた。僧は読経を続けた。

後ろから声がしたわけではないが、何となくざわめきを感じ、僧は振り向いた。

家の中の人々は全員中庭に向いている。中庭には男女や大人や子供がいる。僧が指折り数えたら十人いる。

かっぽう着姿の女がいる。少女の声が耳の奥から聞こえた。銃後の守りの、日めくり暦をめくり、たぶん息子の無事帰還を待ち焦がれていた、お母さんだろうか。

晴れ着だと思うが、軍服のような国民服を着ている七、八歳の男子は少女が言っていた、怯えていたという子供だろうか。この子を落ち着かせるためにおばあさんがかまどの神に泣きながら祈った？

努君の姉だろうか、二十歳前後の美しい女がいる。細身のやや長身をあでやかな着物が包んでいる。澄んだ黒目勝ちの大きい目が僧を見つめた。少し厚めだが、形のいい唇から歯並びのいい白い歯が時々のぞく。ああ、この人を目当てに日本兵が行列をなしていたのだろうか。

少女が恋い焦がれている努君もいるだろうか、と僧は思った。

家の中の人々が一斉に九十七歳の長寿を寿ぐ「花ぬ風車」を歌いだした。

花ぬかじまやー（風車）　スリ
かじ（風）ちりてぃ（連れて）みぐる（回る）

チントゥン　テントゥン

・・・・
歌声に合わせ、中庭の十人の老若男女は一列になり、踊りだした。頭が混乱した僧は池原集落の人が頼んだ芸人だろうかと思った。
中庭にいる人の顔ははっきりしなくなったが、胸をかきむしられるような切ない歌声と一体化したように無言のまま「花ぬ風車」を踊っている。
垣ぬふあ（葉）ぬちゅや　スリ
あがい（上り）てぃだ（太陽）まちゅい（待つ）
チントゥン　テントゥン
・・・・
何とも言えない懐かしい花の香りが僧の嗅覚に流れ込んできた。昔顔を近づけたかんなや鳳仙花や山桃の微かな香りが混ざっている。

一家全滅の家の人たちは厳かに踊っている。池原集落の人たちをもてなし、慰めていると僧は思った。

風は体には感じないが、時々石油ランプの灯が揺らめく。柔らかい光が踊っている人の輪郭をやさしく包み込んでいる。

光の当たり具合により手だけ腰だけ足だけが浮かび上がる。

石油ランプの明かりが少しずつ中庭の人たちの顔を浮かび上がらせた。首から下は・・・踊り続けている様子は感じられるが・・・あたかもないかのようにぼんやりしている。

足音も声も、空気をゆする気配さえ全くないのだが、まもなく踊っている人たちの全身が僧の目に映った。

踊っている人たちの手の動き、指の動き、足の運び・・・僧は息をつめた。

踊っている人たちは血の気のない青白い顔をしている。亡者のようにひどくぎこちなく、しかし、どことなく優雅に踊っている。

最高齢は九十を超えている。少女が言っていた、畑に鍬と鎌を持っていくという老人だろうか。母親に抱かれた赤ん坊もやわらかい手をこね回している。たぶんかまどに火を入れながら泣いていたと少女の言う老女がクバ（枇榔）の大きな扇を掲げ、踊っている。

かっぽう着姿の女がよちよち歩きの子供の手を引きながら踊っている。遺体を運んでいた、この家の長男坊だと少女の言う、戦闘帽をかぶり、白色のゲートルを巻いた青年や、白いランニングシャツと半ズボンをつけ、学生帽をかぶった少年も滑らかな動きではないが、踊っている。

この踊っている人たちはどこから現れたのだろうかと僧はいまさらのように不思議に思った。

少女が僧に「学生帽をかぶっているのが努君よ。とても綺麗ねぇ、ああ、私の方を見てくれないかしら」と言った。

本当に美しい少年だと僧は思った。顎が細く、顔全体がきりっとしまっている。顔色には家族と同様生気はないが、どういうわけか、二重瞼の大きな澄んだ目は輝いている。

「踊らないで、努君。涙がこぼれるから」

僧は今気づいたのだが、少女は洗い髪が十分乾いていないのか、白いワンピースの背中が濡れている。

「努君の妹もいるわ」と少女が言った。

少女の目線の先の十歳くらいの少女は上げを入れた少しだぶだぶの晴れ着を着け、赤い髪飾りをし、白い足袋をはいている。手には古い時代のお姫様の絵の羽子板を持っている。

中庭の服装がまちまちの十人の人たち・・・少女は赤ん坊やよちよち歩きの子の話はしなかったが・・・は「花ぬ風車」を何度も繰り返し踊っている。

ああ、この人たちはこの世の人ではない、と僧は確信した。

死者は白い着物や上等の着物を着け、棺桶に横たわるはずだが、なぜこの人たちは普段着のままだろうか。

踊っている人たちの魂を真心から鎮めなければならないと僧は強く思った。

「あなたたちはもう現世の人ではありません。グソー（後生）にいるのです。生前は苦しんだり、悲しんだり、恨んだりもしたでしょうが、過去世の執着は忘却してください。どうか成仏してください」

僧は一言一言はっきりと言った。「戦死したのはあなたたちだけじゃありません」と付け加えかけたが、口をつぐんだ。

僧には中庭の人たちが踊っているというより祈っているように見えた。悲しみや苦しみに顔を歪め、歌が一番から二番に変わり、二番からまた一番に戻るたびに合掌し、歩き回っている。

家の中の四、五歳の少女は、中庭の人たちが怖いのか、見たくないのか、母親のスカートのひだに顔をうずめている。

足音も聞こえないが、踊っている人たちの手が風を揺さぶり、僧の周りにクガニー（黄金実）の花の香りが漂った。

僧は不気味さや怖さを通り越し、あの世の人を呼び寄せた自分の力に何とも言えない高揚感を覚えた。僧の若く、顎が引き締まった顔は硬直した。

家の中の人たちは誰一人身動きせず、中庭の人の踊りに・・・沖縄の多くの踊りには飛び入りがあるものだが・・・加わらなかった。次第に歌声も小さくなった。

少女が「歌って、歌って、みんな、もっと歌って、歌って」と叫んだ。家の中の人たちは気を取り直し、歌声が大きくなった。

「努君、笑って、笑って、笑ったら楽しかったあの頃が思い浮かぶわ」と少女が言った。

「努君は本当は何か言いたいんでしょう？　言えないの？　永久に黙ったままなの」

少女は踊っている努君と目を合わそうとするが、努君のくりくりした黒い大きい瞳はずっと前を向いている。

「努君が告げた言葉が忘れられないのよ。いつも耳から離れないの。努君、どこに行ってしまったの。努君がいないから私の人生は終わってしまったのよ」

僧はふと怖くなり、「今の努君は昔、あなたの幼友達だった努君とは別人です」と少女に言った。

「同じ人よ。努君は何も悪くないわ。なのに、なぜ死んだの」

少女は僧を問い詰めるように言った。僧は読経に力を込めた。

僧は読経を続けながら中庭を見た。踊っている人たちは顔色は青白いが、目には不思議な喜悦が光り、僧は、ああ、この人たちは成仏すると思った。僧は踊り続けている人たちにつぶやいた。一生懸命に供養しています。聞こえますか？　安らかに眠ってください。

「努君、本当にきれいね」

少女はいつしか涙をぬぐいながら微笑んでいる。

「花ぬ風車」を歌っている、中庭に向いている家の中の人たちの口の動きはわからないが、透き通った、たまらなく切ない声が響き渡っている。

いつの間にか中庭の踊り手全員が手に風車を握り、前に突き出している。

おびえ、震えながら母親にしがみついていた赤ん坊も風車を握らせると青白い顔に赤みが差し、柔和な表情に変わった。

風はないのに風車は回っている。

かじまやー（風車）祝いは数え九十六歳の祝いだ。ああ、一家全滅の家の人たちは自分たちは九十六歳を生きていると信じている・・・。若い人も赤ちゃんも・・・努君も赤い風車を握り、円陣を組み、ゆっくりと歩いている。人は戦死ではなく、天寿を全うすべきだと唐突に、しかしはっきりと僧は思った。

庭の人たちは一列になり、大きく進みだした。

踊りながら仏壇の方に近づいてくると僧は思ったが、歌に送られるようにランプの弱い明りがぼんやりと浮かび上がらせた家の後ろに回り、一人ずつ消えた。

表情が穏やかになった少女が「さようなら、努君。会いに来てね、きっとよ」と言った。

「花ぬ風車」の歌がかすかに聞こえる。さらに小さくなり、ふっと消えた。

僧は仏壇に向き直り、我を忘れたかのように読経した。

十数秒後、周りのあまりの静けさに読経を中断し、後ろを振り向いた。僧に供養を頼んだ少女も池原集落の人たちも一人残らず跡形もなく消えていた。

引用　わらべ歌「花ぬ風車」

兵の踊り

1

背丈が低いという見てくれ自体はどうにか我慢もできるが、背丈が低いがゆえにもっとも体力があるはずの青春真っ盛りの十八歳なのに兵隊に行けないと考える・・・考える気はなくてもどうしても考えてしまう・・・と空恐ろしくなる。ひどく屈辱を感じ、ますます自信を失う。背丈が低く生まれたのは、僕のせいでも親のせいでもなく、人の力では全く手に負えない運命だ。軍国の男子ならいささかも運命なんか物ともすべきではないといつも自分に言い聞かせている。

背丈が低いだけだから必ず救われようがある。二里ばかり離れた松本という集落の話が僕の耳にも入っている。病名は忘れたが、伝染病患者のいる家の門には赤い旗がたてられ、兵隊はもちろん、何年か後に兵役につく少年の接近をも固く禁じている。兵隊のみならず一部の住民も国辱病とののしり、撲滅を叫び、健兵健民を声高に触れ回っている、あのような伝染病患者に比べたら僕は相当に恵まれている。

僕が住んでいる沖縄本島北部の経塚集落は大通りや路地の両側に石垣が伸び、家や畑や家畜小屋も石垣に囲まれている。積み上げた海のゴロ石の一個一個が僕には時々戦死者の頭蓋骨のように見え、思わず身震いする。石と石の隙間にガジュマルやアコウの木の根ががっちりと食い込み、枝は力強く横に伸びている。

赤瓦や茅をふいた屋根しか覗かせないような高い石垣もある。石垣の向こう側から芭蕉の緑色の長い大きな葉が伸び、心持垂れている。石垣も芭蕉もクワディーサーもクバ（棕櫚）も赤土に濃く短い影を落としている。長年風雨や灼熱の日にさらされた路地の赤土は固まり、細かいひび割れが生じている。

僕はふと妙な感覚に浸った。この路地の土は気の遠くなる何百年も前から数えきれないくらいの経塚集落の人たちに踏み固められてきた。目を閉じ、じっとした。路地を歩く大昔の人たちが・・・服装や姿かたちは定まらないが・・・見えてきた。無数の人が力強く歩き、走り回っている。

僕は目を開け、細い両足に懸命に力を込め、赤土の道を踏みしめながら歩いた。

経塚集落のどこの路地も迷路のようになり、闇は毎日路地の奥からやってくる。石垣に囲まれたこの不気味な路地のように僕は集落の人たちの冷たい視線に取り囲まれている。

経塚集落の人は僕を兵隊になれないと決めつけ、あたかも伝染病患者のように白眼視している。路地でも、葉野菜や薩摩芋の畑中の道でもあからさまに僕を避け、遠ざかる集落の人たちをしり目に、いつも白い割烹着を着た、ふくよかな体つきの藤子おばさんだけは、和夫の母親だけは僕に近づいてくる。「幸喜《こうき》は小さいころは病弱だったから、お母さんが留守にしていた時はうちが面倒を見たのよ」。藤子おばさんはいつもこのように唐突にものを言う。「熱が出た時は頭を冷やしてあげたのよ」。いまだに僕の病弱は完全には解消されていないのだが、と思いながら「僕にブーブーもしたそうですね」と言った。「熱が下がらないから、ヤブがカミソリで背中を傷つけるので、幸喜のお母さんは見ていられなくなって、うちの家に逃げ込んできたのよ」。

小さく血を出し、体内の毒を取る民間療法をブーブーと呼んでいる。医師免許もなくブーブーを施すものをヤブという。藤子おばさんは思い出したようによくこの話をする。

病弱や低い背丈以外にも劣等感がある。僕は女学生のように優しく、柔和な顔をしている。癖のない髪はとても柔らかく、顎が細く、おちょぼ口なのだ。エイサー（旧盆踊り）仲間たちはほとんど口が大きく、唇も厚く、二重の大きな目に強い光をため、まっすぐの剛毛なのに。

幸喜のような顔だちでは立派な強い軍人にはなれないわ、などと女たちは僕を見切っている。僕に見向く女は一人もいないんだ。どんな男からも相手にされない薄汚れた女さえ僕には一瞥もしないんだ。経塚集落の女たちは招かれたとはいえ、隣町の海軍宿舎の兵士たちの演芸会には何度かのうのうと出かけているのに・・・。

尋常小学校のころ同級生は、柔道や剣道のけいこに励んだ。僕は体を鍛えようにも鍛えられなかったが、四大節に奉読される教育勅語を必死に頭に叩き込んだ。体を鍛えに鍛えた近隣の先輩は那覇の学校に進学し、現在、配属将校の下、軍事教練に明け暮れている。

息子が立派な兵隊になれないという引け目や、絶えず集落の人たちの蔑むような目にさらされたのがたぶん原因だろうが、僕の慈しみのあった父母は四年前、昭和十四年の夏、僕が数え十四歳の時、ほぼ同時期に心臓の病気になり、母は秋に、父は冬に、難産の末に生まれた一人っ子の僕を残し、亡くなった。

昭和十八年の今、集落の人たちは陣地づくりのほかに日本軍の部隊に食料の供出を命じられている。集落の区長職にある、僕の養父の指揮のもと、集落の人たちは野菜、薩摩芋、乾物類、黒砂糖などをかき集め、ムラヤー（公民館）に運んでいる。

区長は「特に中・南部の沖縄県民は毎日毎日、高射砲陣地造り、野戦病院の壕掘り、飛行場造りに明け暮れている。わが北部の経塚集落の人たちもお国のために、兵隊さんのために全力の限りを尽くし、魂を傾け、御奉公する」などと叫び、集落の人たちを鼓舞する。

坊主頭の小太りの養父は僕の父の弟だ。僕が子供のころから僕の虚弱体質や低い背丈に冷たい視線を注いでいた。この叔父は父の遺産を、家屋や土地を贈与されたから僕を養子にしたんだ、交換条件だったんだ、と僕は見抜いている。

両親が亡くなる前の、幼少のころから毎日のように養父の教唆をうけたせいでもあるが、僕は頻繁に自分が陸軍大将になり、立派な軍服をつけ、腰にサーベルを下げ、白馬に跨っている夢を見る。

僕は・・・実際は少しでも健康になるように煙草も酒もやらないが・・・最敬礼をし、恩賜の煙草、恩賜の酒を受け取る。目の前にありありと浮かぶ。光り輝く金鵄勲章をつけ、胸を張り、歩いている・・・歩く姿は弱々しく、風格はないが・・・僕の両脇に並んだ集落の人たちが歓喜の声を上げる。

ああ、夢はいつか本当になるのだろうか。・・・僕の前を通る人々は、ずっと以前からただの一人も僕を一瞥もせず、すぐ背中を向けるのだ。

僕とすれ違う国民学校の生徒たちの「空襲警報聞こえてきたら・・・入ってみましょう防空壕」という変にのんきな歌声が僕の耳の中を通り、太陽を、天照大神を目指すように空高く昇っていく・・・。

2

僕は戦意高揚を標記した紙を持ち、集落中を歩き回っている。「産めよ、殖やせよ」「お国のために見事に散ったら神と祀られる」等の標語を書いた紙を電柱、板塀、大木の幹、建物の壁などに貼りつけている。

「生きて虜囚の辱めを受けず死して罪禍の汚名を残すことなかれ」の戦陣訓も紙に書きだした。しかし、兵隊でも銃後の守りの人々でも「死ぬ」にはまだ早い気がするから、どこにも貼らずに家の仏壇の棚に大事にしまったままだが・・・。

「戦争に行けないくせに、お国のために等の紙を貼るとは」と人々の僕を見る目は侮蔑に満ちている。偽善者めという目だ。

ふと、この戦陣訓を書いた紙をエイサー隊のチョンダラー（先導の道化）の姿になり、貼り歩こうかと思った。人々の僕を見る目が少しは変わるのではないだろうか。しかし、剽軽なチョンダラーの白塗りの姿は不謹慎極まる。いや、チョンダラーは集落の人たちに人気がある。戦陣訓を喧伝できる。僕の存在感につながる。何度も思っては打ち消し、打ち消しては思った。結局踏み切れなかった。

戦陣訓を数十枚の紙に書きだし、養父の区長に手渡そうか。養父は妻がなく、子もないが、「産めよ殖やせよ」の標語を連日喧伝している。内心は強い引け目を感じてはいないだろうか、と時々僕は思う。養父はまだ四十代だが、頭が見事にはげ、眉は太く、喉を絞められた鶏のような声を出す。眼光は一見鋭いが、どこかおびえの色も帯びている。

徴兵検査に不合格になる恐怖を打ち消すために、僕はあまり似合わないが、養父のだぶだぶの兵隊服と大きい兵隊帽を毎日着用している。

恵まれた体格の男は激しい戦闘に耐えられる。お国の役に立つ。男のこのような雄姿に若い女たちはうっとりする。目を輝かせる。しかし、僕を見る目は・・・。エイサー隊は全員剛健な体格をしている。立派な兵隊になれる。なぜ僕だけが・・・。

ゴロ石の石垣に囲まれた集落内を歩く時は人が見ていようがいまいが、兵隊のように大きく胸を張っている。しかし、外でも家でも横になっている時や、ぼんやり座っている時に耳の奥から「非国民」という声が聞こえてくる。

目は黒く澄んではいるが、口も鼻も小づくりの顔が・・・柔和と言えば柔和だが・・今の時代このような顔はひどく貧相だと僕は思っている。顔をどのようにゆがめてもどうしてもにらみがきかないんだ。

十歳くらいのころ、思い切り怖い表情を作り、近所の一つ年下の大柄な少女を脅したつもりだが、大柄な少女の目には幼児がにらんでいるようにしか映らなかったのか、馬鹿にしたように笑った。尋常小学校の軍事教練のせいか、あるいは女なのに兵士になろうとでもしていたのか、大柄な少女はよく僕に力を誇示した。頭上に持ち上げた大きな石を僕に投げつけた。石はこわくもなんともなかったが、どうにも我慢のできない屈辱が湧きあがり、大柄な少女を見かけると僕はいつもわき道に逃げ込んだ。

養父が床の間に飾っている陸軍大将の写真のように髭を伸ばしてみたのだが、なかなかうまく伸びず、ようやく伸びても弱々しい疎らな髭顔になり、ますます貧相が目立った。

凄みのある顔に変えるために精神を鍛えようと決心し、養父の家の軒下から竹槍を持ち出し、ひそかに裏庭の草むらに作った大きな土饅頭を何日も突いた。腕の力は人並みにあるとは思うが、細い足の踏ん張りがきかず、竹槍は常に土に深くは刺さらなかった。

大人たちは陰口しかたたかないだろうが、子供たちは僕を「お国の役に立たないチョンダラー」と囃したてる。しかし、和夫だけは絶対にこの言葉を口にしなかった。「お国の役に立たないチョンダラー」と言われるのは頭に来るが、僕はこのような言葉を吹き飛ばすように近頃、チョンダラーに殉ずる覚悟をしている。チョンダラーなら必ず集落の人の多くの心を揺さぶれる。

3

僕はひどく人見知りするが、和夫にだけは心が許せた。同い年の和夫は子供のころから病弱の僕とよく遊んだ。集落の東にはターウム（田芋）の水田が広がっている。あぜ道を和夫と駆けまわった。鮒や蛙を取った。西にはガジュマルや栴檀や雑木が広がっている。木登り、蜥蜴や蟬とり、山小屋造り、造ったばかりの防空壕の中での昼寝、死なせてしまった昆虫の埋葬。このような遊びはひとときの僕の劣等感を消した。

集落の少しはずれにある墓地も僕たちを魅了した。大人に見つかるとこっぴどく叱られるが、どきどきしながら遊ぶのが何とも言えなかった。亀の甲羅の形をした、石造りの墓から似た形の別の墓に飛び移り、木の枝を刀に、竹を槍に、むしろの切れ端を鎧にし、豪傑や剣豪のように和夫と斬りあった。遊び終えた後は墓を直射日光から守るために植えられたクワディーサーの木陰に座り、ぼぅとした。和夫の息はすぐ整ったが、僕の胸の動悸は長い時間続いた。

僕は十四歳までは病弱だったが、両親が亡くなり、虚脱状態のまま唯一の親戚の区長の養子になったのと何か関係があるのか、十五歳になり・・・人と比べるとまだ病弱だが・・・だいぶ健康を取り戻した。

和夫はいつも笑みを浮かべている。一度も怖い顔、怒った顔を見せないのは、体格もよく、鼻筋が通り、きりっとした目の美男子だからだろう。体、魂ともに優越した和夫は必ず陸軍中尉以上になれると僕は思っている。

和夫の思いやりや気遣いに心から感謝しながらも時折僕は目鼻立ちが整った、しかもなにより長身の和夫を妬んだ。

しかし、僕が本当に和夫を妬むのは和夫が長身だからというより・・・長身の者は和夫だけではないのだから・・・僕や和夫と同い年の早智子が和夫を好いているからだ。

早智子は色が白く、大きな瞳が澄み、細いが、どこか肉感のある唇をしている。いつも、細身だが、妙にふっくらとした早智子の体をモンペが包み、白く、形のいい足に下駄をはいていた。

最近は常に臨戦態勢に入り、早智子も防空頭巾をかぶり、救急袋を肩にかけている。戦闘訓練を終えた兵隊たちは軍人勅諭を唱えたり、軍歌を斉唱しながら時々経塚集落の赤土の大通りを歩くが、早智子たち女子青年団は毎日のように唱歌を子供たちに教えている。

集落一美しい早智子は日ごろは結構話す。だが、和夫の前では無口になり、少し頬を赤らめ、体をもぞもぞさせる。僕は絶対誰にも気づかれないようなひそかな恋心を早智子に抱いている。しかし、何ができるというのだ。十中八九戦争にも行けない、ふがいない僕に・・・。和夫と早智子はお似合いだ。和夫が僕に優しくすればするほど僕は和夫と早智子の仲を妬いてしまう。仲と言っても二人はつきあっているわけではないから早智子の和夫への恋心に僕は嫉妬するのだ。・・・より以上に和夫に嫉妬している。

早智子が和夫を慕い、僕を疎んじる・・あからさまに疎んじられた覚えはないが・・・理由はただ一つ。心の中にどれほど立派な軍人像を抱いているか、などではなく、つまり体つきや体力・・もしかすると風貌も・・・の違いだけだ。

眠れないある夜、唐突に、和夫が戦死するようにと願ってしまった。恐ろしくなり、身震いした。僕は立ち上がり、何度も強く首を振った。あんなにも僕に唯一と思えるくらい優しい和夫の死を願うとは。和夫の母親の藤子おばさんもあれほどに僕を大事にしているのに・・・。

一体全体、徴兵検査に落ちるかもしれない、しれないではなく必ず落ちる僕に女を、ましてや絶世ともいえる美女を好きになる資格があるだろうか。

和夫の母親の藤子おばさんは母一人子一人のせいか、叔父を除けば・・僕は叔父を肉親とは思っていないが・・・天涯孤独の僕を、父母の死後も陰日向なく助けてくれる。

僕は立派な兵隊になる決意を日々固めている。活を入れ、ふいに襲ってくる徴兵検査不合格の不安を吹き飛ばしている。必ず出征し、武勲を上げ、勲章を賜り、集落の人たちを見返す。何が何でも人々の偏見を打ち破り、早智子の僕を見る目を変える。

背丈が低く、病弱なのは僕にも両親にも責任はなく、宿運というか天のせいだといつも自分に言い聞かせている。体格がよく剛健なら僕は間違いなく偉大な軍人になれるのに・・。天は一体何のために僕をこの世に送ったんだ。

両親が何年も待ち望んだ末、やっとこの世に生まれ出た僕になぜ天は残酷な仕打ちをするんだ。

時々なぜか両親は戦争に行けない・・・行けないとは瞬時も思いたくないが・・・僕を見守り、静かに微笑んでいるように思える。

生まれた子供は戦場に送られる。自分たちの産んだ子が戦死する。このような思いに両親はいたたまれず、耐えられなくなり、何年も子供を産まなかったのだろうか。しかし、何の定めか「おめでた」してしまった。ならばと戦争に行かせたくないために僕の背丈を伸ばさなかった？　両親が意識的におなかの中の僕の背丈を短くするというのも信じがたいが。戦争に行かずに平穏無事に年老いていく僕を両親は望んでいた？　首を強く横に振った。男はもちろん女も、子供や老人もお国のために戦っているというのに、僕はなんという考えをするんだ。

第一、第一次世界大戦は大正の半ばに終結しているし、僕が生まれた大正十四年は経塚集落にまだ戦争の足音は聞こえてこなかったはずだ。

お国のために何の役にも立たないのなら両親は何も僕を産まなくてもよかったんだ。いや、親を責めるのは止そう。親は教育勅語にもあるように尊敬しなければいけないんだ。

4

集落の人たちは昭和十八年の旧暦七月十三日の夜、樹脂をたっぷり含んだ松の幹の切れ端に火をつけ、ゴロ石を積んだ門の両脇にともし、グソー（後生。あの世）の人を門から仏壇に案内し、「遠いところからよくいらっしゃいました。ウートートー」と声に出し、ねんごろに手を合わせた。何もかも手に入りにくい時代だが、各家とも精霊（先祖）の使う二本の砂糖黍の杖、島バナナ、バンシルー（グアバ）の実、かまぼこ、蒸し菓子など精いっぱいのごちそうを仏壇に供えてある。

旧盆三日目の十五日の夜、どの家も家族全員が仏壇の前に会し、グソーの人に「生きている家族を見守ってください、長寿と金運と健康と成功と豊作をお与えください。ウートートー」と深く頭を下げ、「また来年お会いしましょう。ウートートー」とあの世に送り出した。

養父とともに僕も同じ年に仲良く旅立った父母や先祖とささやかな供え物を一緒に食すようなひと時を過ごし、養父と一緒に手を合わせ、グソーに送りだした。すぐ僕はエイサー隊のチョンダラーの装束を保管してある、準備会場のムラヤーに身支度を整えに向かった。

厚い雲が垂れ込め、十五夜なのに月も星もなく、暗闇が覆っているが、赤瓦や茅葺きの家々の石門のあたりにはかすかに平たい線香の明かりが浮かび上がっている。グソーの人にお土産に持たせるグソーの通貨の、三十センチ四方の薄黄色のウチカビも燃えている。

背丈は一寸も伸びず、いまだに少し病弱な僕が唯一大勢の集落の人と心を一つにできるのはエイサーの時だけだ。年に一度の僕の晴れ姿だ。毎年、稽古なしのぶっつけ本番だが、チョンダラーは完全に僕の血肉になっている。

芭蕉布を着た大太鼓打ちや三線弾きを引き立てるように剽軽なしぐさを繰り返すチョンダラー役に毎年二、三人の青年が立候補するが、長老や養父の区長が僕の低い背丈やあまり体力のない体質に「妙な味を出す」「しぐさがおのずとおかしみを出す」と好奇心を駆られるのか、ここ数年僕を推薦している。

三年連続僕は細い足が痛くなるくらいチョンダラーを踊っている。藁製の縄の腰ひもは細く、骨っぽい貧弱な腰に食い込み、裸足は小石に傷つくが、この時僕は矜持を持ち、生きている。

力強く、しかし切ない音階に乗った歌とエイサー、エイサー、スリサーサー、スリという囃子が響きあい、チョンダラーの僕だけではなく、生きている人すべての心がかきたてられる。

集落中の家々が供養を済ませ、家の門から送り出したグソーの人を存分に楽しませ、満足させ、ちゃんとグソーに送り返すのがエイサーの、特にチョンダラーの役目だと僕は自分に言い聞かせている。

「エイサー、エイサー」の囃子言葉に呼び名が由来するともいわれているエイサー隊は、厚化粧を施した道化役のチョンダラーの僕、三線、大太鼓が列をなし、三線弾きが歌いながら石垣に挟まれた、暗い路地から出現した。

一年の大きな行事を終え、ほっとした人たちは大通りのエイサー隊にむらがった。

人々はエイサー隊に歓喜し、三線や地謡が聞こえないほどの歓声を上げ、指笛を響かせた。三線を弾きならしながら歌う和夫たち三人、一抱えほどもある胴が朱色の大太鼓をたたきながら舞う六人は日頃よりもさらに立派な体格だ、と僕はふと感じた。

祈りのように聞こえる和夫たち三線の歌者の厳かな歌に合わせ、見物の老若男女がいっせいに囃したてた。

七月七夕（しちがつ　たなばた）中ぬ十日　エイサー　エイサー　ヒヤルガ　エイサー

スリ　サーサー・・・。

芭蕉布の短い上着、白いステテコ、赤ふんどし姿のチョンダラーの僕はエイサー隊につ
いたり離れたり、動きを誘導したり、何気ないふうに大太鼓の打ち手を奮い立たせたり、
見物人に滑稽なちょっかいを出したり、突然ぎこちなく走り回ったりした。

このような剽軽なチョンダラーの僕の勢いにつられ、大太鼓や三線が高鳴り、人々はま
すます熱狂した。

集落の人たちのチョンダラーの僕を見る目が日ごろと全く違う。僕の体には目もくれず、
チョンダラーの僕の白塗りの顔やしぐさに集中し、大笑いする。僕はますます意気軒昂ぶ
りを示し、日頃と全く反対の優越感を抱いた。

僕は毎年チョンダラーになり切っている時は屈強な体、強靭な体力を有したみんなと対
等になる。

背丈が低く、体力がないがゆえに肩を左右にゆらすチョンダラーの僕のしぐさは見物人
たちに大うけしている。この時ばかりは長年の劣等感が消え去り、一瞬、体に感謝さえす
る。

だが、劣等感が顔をのぞかせた。胴が朱色の大太鼓を楽々と抱え、たたきながら足を蹴

り上げ、飛び上がりざま打ち鳴らす大太鼓打ちを羨んだ。

チョンダラーを僕は十五歳からつとめている。エイサー仲間は一、二歳の違いはあるが、ほぼ同年だ。今年は僕の四回目のチョンダラーだ。秋には徴兵検査がある。

戦争は間違いなく経塚集落にも迫っている。僕は徴兵検査に受かろうが落ちようがこの世に未練を残さないように今、力と熱を出し切る。

チョンダラーの踊りを、一人っ子が元気に育っている姿を、きっとグソーの父母は見ている。喜んでいる。父母以外のグソーの多くの人も僕は喜ばせている。チョンダラーは僕が亡くなった人をも喜ばせうる唯一のものなんだ。

グソーの人は僕が先導するエイサー踊りに満足し、また来年の旧盆にめいめいの家の仏壇にやってくる。

・・・しかし、やはりこの世に未練を残し、この世の楽しさが忘れられず、グソーに帰らない人もいるのではないだろうか。僕もわかるような気がする。早智子のような美しい女たちの声や姿が傍らにあったら、いつまでもとどまりたいのが人心だろう。

グソーにどうしても帰らない人を威嚇し、帰すのもエイサー隊の役目だと言われている。

グソーの人たちは迎え火を頼りにはるばると生まれシマ（故郷）に降り立ち、一年にたった三日しか存在しないのに、騒々しく大太鼓を打ち鳴らし、追い払うのは酷だと僕はふと思った。

しかし、グソーの人たちを深く敬い、喜ばせ、グソーに送り出す、エイサー隊も功徳があり、おのおのの人生の苦・・口にも表情にも出さないが、どのような人にも苦しみがあるはずだ・・・から救われていると、またふと僕は思った。

5

エイサーの翌日、遅く目覚めた僕は突然どうしたわけか、大太鼓をたたいた六人と三線を弾いた和夫たち三人は間をおかずに間違いなく・・・心身ともに剛健だから何の不思議もないが・・・戦争に行くと思った。沖縄中の十代から四十代までの男という男は根こそぎ軍隊に召集されるといううわさが以前から流れている。エイサー隊の仲間は万が一戦死は免れても体にも心にも取り返しのつかない深い傷を負う・・・寝不足のせいか、ぼんやりした頭に自分でもわからないが、このような不気味な思いが飛び込んできた。

厳しい暑さの続く九月上旬、経塚集落の男たちのうち・・・何の因果か、グソーの人たちをあんなにも喜ばせたのに・・エイサー隊だけに徴兵検査の通知が届いた。どこまでもエイサー仲間は一緒だ。特に和夫とは戦場でも靖国神社でも天国でも地獄でも一緒だ、と僕は誓った。背丈が低くても多少病弱でも戦場では必ず何かの役に立つ。戦争は総力戦だから僕にできる任務はある。細いが手の指には力がある。銃も撃てる。

和夫たちエイサー仲間は間違いなく立派な兵隊になるだろう。お国のために尽くすだろう。何がなんでも僕を徴兵検査に合格させてください、と日夜、養父の家の仏壇からグソーにいる父母に手を合わせた。

冷たい空気の中に不思議な静けさが漂う十一月初旬、エイサー仲間は全員村役場に集合し、徴兵検査に臨んだ。特に和夫は内に大いなる勇気と誇りを秘めているのか、心の中に早智子がいるからか、泰然自若としている。

僕だけが合格できなかった。覚悟はしていたが、どうしても信じられなかった。

エイサー仲間たちの門出を祝うように帰り道の道端のユウナやアカギの木が揺らぎ、家畜小屋の山羊や鶏も高々と鳴いた。

少年護郷隊という方法がまだある。防衛隊もある。徴兵検査が受けられない年少者も防衛隊にとられる。どのような境遇でもお国の役に立てる。このように僕は強く自分に言い聞かせた。

しかし、やはり僕は人とは違っている。エイサーは体が剛健な仲間と分け隔てなくできたのだが、戦争は僕だけをのけ者にする。エイサー仲間が戦場に行ってしまうと僕は本当にこの世に一人取り残される。

養父の区長なら軍の上層部に手を回し、僕を何とか合格にできないだろうか。しかし、養父の僕を見る目には前々から常に侮蔑の光が揺曳している。

僕は何日も前からエイサー仲間の出征の日は家に閉じこもり、目を閉じ、耳をふさごうと決心していたが、当日、昭和十九年二月初旬の無風の寒い朝、いたたまれなくなり、外に出た。

歓呼の声に送られる、軍服軍帽に身を包んだ、凛々しいエイサー仲間に僕は一言も言えなかった。エイサー仲間が、特に和夫が僕をじっと見ている。どう表現していいのかわからない感情が和夫の目に宿っている。僕はいたたまれなくなり目をそらした。

人々の歓声なのか、本当に雷が鳴りだしたのか、雷鳴のような音がとどろいている。このような中、エイサー仲間は妙に静かに、何か機械人形の動きのようにおじぎと敬礼を繰り返している。熱狂する人々を見るエイサー仲間の目はうつろだが、僕を見るときは違う。

なぜか時々一斉に僕を見つめる。エイサー仲間の顔は全員ひきつっている。内面に重大な決意を秘めているから、或いは他の理由があるから一言ものを言わないのだろうか。

早智子はきれいな形の唇から白い歯を見せ、笑っているが、澄んだ黒い瞳には涙をためている。和夫が出征するのを心の中では必死に止めている、と僕は思った。二人は付き合ってはいないはずだが・・私のために絶対に戦地に行かないで、と早智子は叫んでいる。若いのに一人だけ集落に残る僕に早智子が冷たい視線を送るのも・・まだ実際に送ってはいないが・・・当たり前なんだ。いつだったかは思い出せないが、和夫が僕に言った言葉が思い浮かんだ。「他ではひとさし指を切り、片目をつぶし、徴兵を逃れる男もいるのに、幸喜は必死に兵士になろうとする。幸喜、君は勇気があるよ」。僕はあの時、なぜか何も言えなかったが・・ああ、あの時の和夫は戦争を怖がっていたのだろうか。今も怖がっているのだろうか。心の底では早智子とつきあいを始め、結婚し、平穏な人生を末永く送りたいと思っているのではないだろうか。

僕は気分が重苦しくなってきた。エイサー仲間の軍服にたすき掛けをした姿が神々しく見える。きりっとした顔つき、決意に満ちた目の色をした間違いなく本物の男たちを、この尊い姿を、つい拝みたくなったが、思わず目をそむけた。ようやく、合掌はしなかったが、エイサー仲間に厳かに敬礼をした。体が硬直している。エイサー仲間の姿が毎年エイサーの時に出てくる、ゴロ石を積んだ石垣の狭い角に消えた後も敬礼をし続けた。

この夜、養父は泡盛の一升瓶を抱え、出征した青年たちの家を回り、帰宅しなかった。僕は割腹をする武士が白装束に着替えるようにチョンダラーの姿になり、自分の部屋に閉じこもった。

出征兵士は恋人や許嫁とたいてい一夜の契りを結ぶというが、十九歳の・・・十九歳は立派な大人だが・・・和夫にはこのような気配はなかった。僕が和夫の立場だったら、戦死するかもしれない身の上だから、この世の名残りに早智子としとねを重ねるが・・・和夫はなぜ・・・。なぜ和夫と早智子は愛をはぐくまなかったのだろうか。

たぶん和夫の人間的なやさしさでもあり、軍国の男の強さでもある。一瞬、よく訳は分からないが、和夫のように容姿に恵まれた者に下される天の罰だと思った。天が和夫の性格を非常に引っ込み思案にしたのだ。

和夫が早智子以外の女を好きに？　全くあり得ない。どこのどんな女も早智子の足元にも及ばないんだ。

和夫は戦死すると不意に思った。異常に羞恥心が強く、内気な和夫は女を知らずに・・・僕も知らないが・・・グソーに行く。しかし英霊になる。後世にずっと語り継がれる。早智子は心の奥から深い尊敬を込め、和夫に合掌するだろう。もしかすると一生の間・・・。僕はどうだ。この世に何を残せる？　天涯孤独のまま長くチョンダラーを演じ、老衰し、死を迎える？

ほとんど出歩かなくなった早智子だが、たまに何かの拍子に僕と出会う。早智子は小さく会釈をし、すぐ通り過ぎる。早智子の僕を見る目は常に何かを語っている。何か？　和夫は戦争に行ったのに幸喜は行かないの？　という目だ。美しい瞳が宿す光は言いようもなく陰険だ。

暗く重苦しい雲が空からずれ落ちそうな、うっとうしいある日の午後、僕はいたたまれなくなり、日本男子らしく潔く割腹しようと家の中や納屋や庭先を回り、草刈り鎌を探した。目を凝らしたが、どこか本気ではなかったのか、なかなか見つからなかった。戦争が負けたわけではないんだ、和夫が早智子から離れたんだ、僕と和夫の幼少からの友情はますます固くなったんだ。訳はよくわからないが、自分に言い聞かせ、割腹を思いとどまった。

もう何日にもなるのに、まだ養父の区長は出征兵士を出した家々を回り、立派な兵士に育て上げた家族を祝し、激励している。養父は口髭を生やし、禿げ頭を隠すためか常に将校がかぶるような立派な帽子をかぶっている。

銃後の守りの人々は毎朝、各々の仏壇の先祖の前に長い時間座り、息子の生還を祈る。週に二、三回は必勝祈願のため、集落の南にある小さい神社に参詣している。

養父と一緒にいるのがやりきれなくなった僕はよく丘に向かった。

雑草がまばらに生えた小高い丘に神社はあるが、傍らにはずっと昔から集落の人が詣でたウタキ（御嶽）もある。ここに小さい鳥居や拝殿が造られたのはいつだろうか。せいぜい僕の父母の少年少女時代のような気がする。僕は神社に手を合わせるのだが、父母と同世代の藤子おばさんは御嶽の神にも深々と頭を下げる。

神社詣での際、たまに出会う、和夫の出征後意気消沈している藤子おばさんに「戦争が終わったら、また和夫とエイサーを踊って、みんなを喜ばせるよ。チョンダラーの僕が大笑いさせるよ」と僕は無理に笑顔を作り、よくエイサーの話をした。

6

昭和二十年、旧暦四月の半ば、心地よい春風が吹いていたが、藤子おばさんは家を出たまま行方不明になった。僕は集落の人々の差別のまなざしを感じながらも捜索の先頭に立った。

三日目にようやく集落のはずれの川岸を長い髪を乱し、幽霊のように歩いている藤子おばさんを川エビを取っていた子供たちが見つけた。

僕や集落の大人たちがすぐ戸板にのせ、一里ほど離れた隣町のコンクリート造りの診療所に運んだ。藤子おばさんは憔悴し、気抜けしていたが、ようやく普段の表情に戻った。川の上流にある、集落の人たちと以前掘った雑木林の中の避難壕にずっと眠っていたが、目覚めた時、水を飲もうと思い立ち、川に下りたという。長老や養父の区長が根ほり葉ほり聞いたが、藤子おばさんはほかには何も思い出せなかった。

寝苦しい、ある夜、藤子おばさんのように早智子も行方をくらますのでは？　と僕は唐突に思った。

僕の気のせいか、早智子は藤子おばさんが見つかった後、どういうわけか、一段と僕を避けるようになっている。僕を見かけたら、すぐ路地やわき道に姿を消す。無慈悲に避けないでくれ、早智子。内心叫んだ。僕も和夫のように戦争に行きたいんだが、行けないんだ。僕のせいじゃないんだ。体のせいだ。天のせいだ。

今、戦地では和夫たちが戦っている。集落では相変わらず、僕はもうやめたのだが、養父たちが「産めよ、殖やせよ」と喧伝している。産めよ殖やせよと言う声が残響になり、突然、若い早智子と若い僕が一夜を共にしている妄想が頭の中を駆け回った。

僕は防衛隊員になり、銃後の守りに徹しよう。万が一、集落に敵が攻め込んできたら、僕は命を懸け老人や女、子供を守る。強大な鬼畜の敵兵に僕が手も足も出せなくなり早智子が凌辱されたら、僕が早智子の命を絶とう。いざとなったら玉砕しよう。

ある日、僕はたまらなくエイサーが懐かしくなり、ムラヤーの部屋にある朱色の大太鼓を抱きかかえた。すぐ体の均衡を崩し、惨めにも倒れこんだ。大太鼓は転がり、壁にぶち当たり、ようやく止まった。思わず周りを見た。悔し涙がにじんだ。

7

幾重もの力こぶを誇示するような入道雲が湧き立った、昭和二十年の夏、エイサー仲間は相前後し、集落に帰ってきたが、全員白木の小さい箱に入っていた。

南洋群島に出兵した和夫は腹部に焼けただれた砲弾の破片が突き刺さり、看護幕舎に担ぎ込まれたが、何日も呻き苦しんだ末、死んだという。

藤子おばさんのこのころすっかり痩せた胸に抱かれた白布の木箱は真夏の真昼の太陽に鈍く光っている。茫然自失の僕は藤子おばさんをなんとか慰めようと思ったが、何を言っていいのか、わからなかった。

戦時中、経塚集落には弾一つ落ちなかった。「平和を守るため」に君たちはみんな出征したのに・・・。経塚集落は昔のまま平和なのに、平和の中はつらつと舞い、音を奏でていたエイサー隊の君たちは死んでしまうとは・・・。

あんなに立派な体格のエイサー仲間が一人残らずこんなに小さくなるとは・・・とてももったいないと僕はしみじみ思った。僕はチョンダラーを再び踊れる。だが、君たちはどんなに悔しがっても泣き叫んでも永久にエイサーを踊れないんだ。

「さあ、藤子、仏壇に行こう。和夫が早く安置してくれと言っているよ」と小柄な白髪の長老が言った。

長い白髪を頭のてっぺんに結った、ひどく痩せたミヨおばさんが突然叫びだした。

「同じ年なのに、なんであんたは生きているんだね。本当にうちの跡取り息子は死んだのかね」

ミヨおばさんの一人息子は僕の戦中のエイサー仲間だ。飛び跳ねながら大太鼓をたたいていた幸太郎だ。もがくように両手を僕に伸ばすミヨおばさんを周りの女たちが抱きかかえた。

「幸太郎は、生きて虜囚の辱めを受けず、辱めを受けず、と熱にうかされたように繰り返しつぶやいていたそうだ」と長老が周りの女たちに言った。「幸太郎は自決したんですか」と僕は聞いたが、長老は何も言わなかった。

数日後、僕は庭のバンシルーの木から数個の実をもぎり、和夫の赤瓦屋根の家に向かった。子供のころ和夫が大好きだったバンシルーを仏前の和夫に供えながら、和夫、戦場はどんなだったんだ。僕に今何か話したいんじゃないのかと、傍らに座っている藤子おばさんに聞かれないように小さくつぶやいた。今、君はどんな表情をしているんだ？　戦前のような優しい顔なのか？　敵を憎み、殺すために鬼のような顔に変わってしまったのか？

和夫の返事の声は聞こえなかったが、突然、死ぬ瞬間に慟哭している和夫の顔が浮かび、僕は身震いした。

「幸喜、聞いている？」

藤子おばさんが言った。

「えっ・・・何を」

「大きな墓を作って、お母さんも僕もとても長生きして、一緒に入ろうとうちに言っていたのよ」

「和夫は親孝行だったからね」

「墓を作ったら本当に安心ね。天から授かった寿命が尽きても悔いはないね、とうちも涙を流したのよ」

「・・・」

「親より先に死んでしまったのよ」

藤子おばさんには和夫が「お国のために亡くなった」という意識や、日本中、これでもかと言わんばかりに強調されていた「息子は帝国軍人の誇り」という意識は少しもないのではないだろうか。

「三線も歌も天下一品だったのに若い女たちも・・・早智子も泣いていたよ」と僕は言った。

和夫とはいい思い出がいっぱいあるよ。僕の中に和夫はちゃんと生きているよと言いかけたが、口をつぐんだ。こんな台詞はあまり慰めにならないような気がするし、間違いなく僕以上に早智子の胸の内に和夫は生きているだろう。

背中は少し曲がっているが、太り気味の老女のサダが僕たちの前に座った。

「戦地を思い浮かべてはいけないよ、藤子。怖い夢を見て、眠れなくなるからね」

「うちはいつも和坊の夢を見ているよ。戦争とは切っても切れないけど」

「グソーに行くのを誰も嫌とは言えないからね」

「うちは嫌とは言わないよ。和坊に会えるんだから」

焼香を終えたサダは藤子おばさんに向き直り、和夫の話や世間話を交わしたが、まもなく玄関から出て行った。

サダを見送った藤子おばさんは僕の傍に座った。

「体のあっちこっちに傷を負っても、ちゃんと帰ってきてくれたのなら、うちは本当にうれしかったのに」

「・・・」

「無事に帰ってくるように、うちはずっと仏壇の先祖にも丘の上の神社や御嶽の神様にもお願いしたのよ」

「・・・」

「幸喜、和夫はね、人を殺したんだって」

「えっ」

僕は目を見開いた。藤子おばさんは黙り、うつむいた。僕は藤子おばさんの顔をじっと見つめた。藤子おばさんは顔を上げずに言った。

「前に和夫から手紙が届いたのよ」

「手紙が？　どんな？」

「ただ一言、自分は人を殺しました、としか書かれてなかったの」

和夫が人を殺すなどとは到底考えられないが、しかし、戦場には敵を殺しに行くんだ。

「しかたないでしょう？　殺さないと和夫が殺されるんだから。殺すのはいけないけど、死ぬのはもっといけないよ。和夫に殺された人もいるけど、和夫を死なした人もいるのよ。うち、どうしても耐えられないよ」

遺書らしい遺書なら和夫の本心が分かるのだが、ただ一通の手紙しか、しかも一行の文言しか和夫はこの世に残さなかった・・。だが、軍事郵便の検閲はなかったのだろうか。国家は自国の兵士が敵国の人を殺したという手紙をむしろ称賛し、許可したのだろうか。

エイサーの三線を弾きながら歌う優しい、ひどく内気な和夫は凶暴な兵士に変貌し、鬼のような形相になり、残酷に人を殺したのだろうか。

いつしか藤子おばさんの僕を見る目が変わった。一人息子が人を殺し、戦死したから無理もないと思うが・・何とも言えない嫌な目つきになってしまった。和夫は死んだのに、幸喜は生きている。どうしてなの、というふうな神妙な光のみなぎる目ににらまれると、やはり僕は真の男ではなかったんだと思い知らされる。

毎日昼夜、僕は、僕だけが生き残った引け目を感じている。だんだんと集落の大通りにも路地にも出なくなり、人と目を合わすのが苦しくなった。特に若い女たちはひときわ戦争に行かなかった僕を侮蔑しているように思える。集落の年頃の男は戦死し、相対的に若い女が増えたが、僕はもはや恋愛も結婚もできないだろう。

8

戦前はエイサーのチョンダラーを舞うのが待ち遠しく、一年がとても長く感じられた。最後にチョンダラーを舞ってからいつの間にか六年が過ぎ去った。

昭和二十四年。旧盆の一カ月ほど前、老女たちはいつものように道端に座り、夕涼みをしている。足に深い戦傷を負った中年の一郎が空き箱に腰掛け、アダン葉の草履を編んでいる。集落の少しはずれに家のある日本軍の軍服の上着を着た、やはり中年の秀光が吹くハーモニカに合わせ、「ここはお国を何百里」と妹を負ぶった少年が歌っている。復員した父親の戦闘帽をかぶった三人の子供がおいかけっこをしている。

翌日の午後、ムラヤー前の赤土の広場に集まった人たちを前に区長が「エイサーを復活させよう」「このままではいつまでも集落の人たちは涙にくれて、立ち直れない」「戦争の悲劇を払拭して、集落中に明るさを取り戻そうではないか」などと声を張り上げた。

戦争を単に悲劇などと言うのは生ぬるいと僕は思った。どんな言葉でも言い表せないはずだ。

敗戦後気持ちも行動もどこか萎縮していた区長だが、近頃は何かきっかけでもあったのか、戦前、戦中のような威勢のいい演説口調になっている。

区長はたまたま傍らに立っていた僕にも「おまえは戦前のようにチョンダラーになりなさい。みんなを大いに笑わせなさい」と言った。

戦前「戦時下なのに暢気すぎる」とくどくどと文句を並べ、エイサーを禁止しようとした区長に、僕たちエイサー隊は「エイサーは遠い先祖から受け継いできている。ずっと連なっている先祖を慰霊している」と反発した。あの時、区長はしぶしぶ黙認した。

集落の人々は終戦後、戦前のようなエイサーの復活を渇望したが、集落にはエイサー隊を編成できる数の青年がいなかった。

戦前のように経塚集落独自のエイサーは今となっては不可能だから、どこか遠くの集落から「買ってくる」と区長は言う。全く知らない集落の男たちにエイサーを踊らせる価値があるだろうかと僕は首をかしげたが、集落の人たちは区長の提案にもろ手を挙げ、賛成した。

戦前、戦意高揚の喧伝に優れていた区長はこの時も手腕を発揮し、ムラヤーの予算以外に集落の内外から寄付を募り、資金を捻出した。

9

旧盆のグソーからのウンケー（迎え）を養父とともに無事にとりおこなった僕はしばらく六畳の仏間の目の粗いゴザに横たわった。いつもの年は夜にウンケーするのだが、今年は他所からくるエイサー隊に合わすため、ほとんどの家が昼間に済ませた。往来からかすかに聞こえてくる大太鼓の音が非常に懐かしく、心地よく、僕はうとうとと眠りかけた。

だが、すぐ、はっとし、あわただしく家を出た。ゴロ石の石垣に挟まれた赤土の路地から大太鼓の音とともにエイサー隊が大通りに近づいてきた。

何かの符合なのか、あるいはどこの集落のエイサーも同じ形なのか、区長が「買った」このエイサーも戦前の僕たちのエイサーも大太鼓六人、三線三人、チョンダラー一人の編成だった。大太鼓のたたき方、三線の弾き方、歌い方、踊り方、前進の仕方、ほとんど似ている。徴兵されなかったのか・・されないはずはないのだが・・無事復員したのか、他所から来た、このエイサー隊は全員立派な体格をしている。

経塚集落の伝統のエイサー隊とかなり雰囲気は変わっている。僕たちは芭蕉布の着物に縄の帯をしめ、鉢巻を巻いたが、目の前のエイサー隊は木綿の白い長袖の上着に白股引をつけ、白い頭巾をかぶり、三線、大太鼓の音を小気味よく甘美に響かせながら・・経塚集落のエイサーは心のままに歌うが・・真一文字に口を結んでいる。僕たちは裸足だったが、白い足袋をはいている。

一番の違いは、このエイサー隊はみんな顔を厚く白塗りしている。戦前の僕たちのエイサー隊は一人ひとり素顔を見せ、表情もはっきり分かったのだが。

戦前チョンダラー役の僕だけは白塗りの厚化粧をしたが、なぜ、このエイサー隊は全員が白い顔なのだろうか。

この不気味なエイサー隊は一体全体どこからやってきたんだ。区長は一体どこのエイサーを買ってきたんだ。

白ずくめのエイサー隊に経塚集落の人たちも不安や恐怖を感じているのか、体が固まったようにじっとしている。戦前の僕たちのエイサーの時には腹を抱え笑ったが・・・今は誰もがおとなしくなり、粛然たる雰囲気が漂っている。

ところが、どうしたわけか、まもなく人々は動き出した。このエイサー隊に顔見知りは一人もいないはずだが、老女たちは腰をかがめ、各々自分の家の石門を指さし、「どうぞ、どうぞ」と福を招き入れるように身ぶり手ぶりを繰り返し、深々と頭を下げた。

壮年の三郎や永蔵が無言のまま茶碗と泡盛の三合瓶を差し出したが、エイサー隊は意に介さず、小さな円陣を組み、三線を弾き、大太鼓を打ち続けた。

九十五歳の徳助がこの奇しきエイサー隊のチョンダラーに手を合わせ、「百歳までナガイチ（長生き）させてください」と拝んだ。チョンダラーも老人を拝む仕草をした。小太りの徳助は・・・僕のエイサー仲間は全員若い身空のまま死んだというのに・・・「仁徳天皇のように百十歳まで生きたい」と日ごろから口癖のように言っている。

腰の曲がった老女の千代が両手を上げ、バンザイと何度も叫んだ。叫び声はエイサー隊の音にかき消され、千代の口だけがパクパク動いている。どこから持ち出したのか、何を血迷ったのか、赤ん坊を負ぶった中年女の妙子が日の丸の小旗を振っている。

なぜ全員白塗りの顔をしているんだ。顔の白塗りはチョンダラー役だけに許されるはずだが・・・背丈が低く、病弱だったためにどこか動きがぎこちなかった、戦前のチョンダラーの僕の真似をし、僕をからかっている・・・。

突然、摩訶不思議な考えが僕の頭に浮かんだ。白塗りのエイサー隊は戦前集落の青年たちを徴兵するために、画策、奔走した僕の養父の区長に、隠しに隠し通した本心を言うために、区長に「買われた」のではなく、自主的にここに現れたのではないだろうか。他所のエイサー隊ではなく、僕の仲間のエイサー隊ではないだろうか。・・・いや、違う。目の前にはチョンダラーもちゃんと存在している。このエイサー隊が僕の仲間なら、一体このチョンダラーは誰なのだ。死んだ僕と生きている僕が同時にここにいるというのはあり得ないんだ。

この白塗りのエイサー隊は、戦前の和夫たち三線弾きのようにエイサー歌を歌わず、大太鼓うちも囃したてず、無言のまま三線を弾き、太鼓をたたいている。剽軽者を演じなければならないチョンダラーも、僕よりはるかに病人のようによたよたと動いている。戦前の僕のぎこちない踊りよりもかなり劣っている。

全く歌を歌わないエイサー隊に集落の人たちはまた恐怖を感じ、静まり返った。誰もが家に帰ろうにも帰れないのは、たぶん体が硬直しているからだ。

大太鼓をたたきながら囃子を入れる、三線を弾きながら歌を歌う、戦前の僕たちのエイサー隊の風景が頭によみがえった。何百年も前から僕たちの集落では雄大だが物悲しい旋律のエイサー歌が歌われ続けてきたんだ。歌え、声を出せと僕は内心このエイサー隊に叫んだ。

誰だかよくわからない一人の女が赤瓦屋根の二階家の小窓を少し開け、こわごわとエイサー隊を覗いている。

この家の石門の近くにいる、やせこけた中老の武治はずっと顔をしかめ、両の耳に人差し指を突っ込んでいる。頭がつるりと禿げた老人は道端に置いたふろおけに座り、顎を上げ、なぜかエイサー隊が向いているずっと先の方向を見つめている。

いつの間にか僕のわきに藤子おばさんが来ている。

エイサー隊は行進を始めた。僕と藤子おばさんは何かに誘われるように後を追った。老若男女の人々もエイサー隊に吸い付けられるようにぞろぞろと歩いている。幼女を肩車している男も、寝たっきりの老人をリアカーに乗せている年配の女もついていく。

「どこに行くのかね？」

おそらく一張羅の光沢のある灰色のワンピースを着た藤子おばさんが歩きながら僕に聞いた。

「集落の中を歩き回るんだ」

藤子おばさんはこの間よりも一段とやせ細っている。

「ずっと歩ける？」

藤子おばさんのこの言葉はエイサー隊をさしているのか、僕をさしているのか、あるいは自分自身をさしているのか、わからなかったが、僕は「ゆっくり歩くから大丈夫」と言った。

半時間は歩いただろうか。エイサー隊は立ち枯れしたガジュマルの大木の近くに立ちどまった。木の周りは長い夏草に覆われた広場になっている。

疲れたから草の上に座り込み、休むのだろうと僕は思った。だが、エイサー隊は小さい円陣を組み、声は出さずに踊りだした。

「何しに来たんだね？」

藤子おばさんが言った。

「何？　藤子おばさん」

僕は聞き返した。

「何しに来たんだね？」

藤子おばさんは語調を強めた。僕にではなく、エイサー隊の誰かに言っている。

「もっとはっきり返事して。うちはもう耳が遠くなっているから」

「藤子おばさん、誰も何も言っていないよ。太鼓の音だよ」

「お前、和坊なの？　和坊なの？」

僕は思わず藤子おばさんの視線の先を見た。

「お前が壕の中にいると思って、うちは真っ暗な中、ろうそくをつけて探したのに、こんなところで踊っていたんだね」

藤子おばさんは三線を弾いている、顔を白く塗った長身の男に言う。

「少しも変わっていないね、ね」

藤子おばさんは僕を見たが、すぐ白塗りの長身の男に振り向いた。

「うちは今も自分で髪を結うけど、和坊、お前がいなくなってから、こんなに髪の毛が抜けてしまったよ。残った髪も真っ白くなってしまったよ」

「・・・和夫は戦死したよ。藤子おばさん」

藤子おばさんは驚いたように僕を見つめた。

「・・・お骨もちゃんと戻ってきただろう?」

藤子おばさんが「和坊だ」という長身の剛健な青年はよく見るとどことなくだが、面影が一緒にチャンバラ遊びをした、少年のころの和夫に似ている。しかし、エイサー隊の青年たちは一人残らず、白く塗った顔の角度が変わるたびに別人のようになる。

「変わらないかね? 変わらないかね?」

藤子おばさんは三線を弾く、この長身の青年に懸命に声をかけている。

「和坊、何が食べたいね? ね、何が食べたいね?」

藤子おばさんが見つめる長身の青年は前を向いたまま何の屈託もなく三線を弾いている。

僕はいたたまれなくなり、何か叫びかけたが、声が出ず、涙がにじんできた。

エイサー隊は隊列を組み、行進を始めた。先頭のチョンダラーが腰に差していた、黒くふちどりされた小さい白旗を高く掲げた。降参の白旗にも、野辺送りの時の旗にも似ている。なぜ勇壮なエイサー隊を前に、僕は涙が出てくるのだろうか。父と母が亡くなった時も頭が混乱していたせいか、或いは弱々し気な涙なんか軍国の男にはまかりならぬとでも思ったのか、涙はにじみもしなかったのに・・・。

チョンダラーが無言のまま白旗を振り、「右に」「左に」と行進を誘導する。

エイサー隊は天から落ちてきた悪い鬼が潜んでいるという伝説のある大きな池の近くに差し掛かった。水の中の悪鬼はアマテラスの神により駆逐されたと区長は戦前盛んに言ったが、戦前も今も人々は普段めったに近づかなかった。

天の高みから聞こえるような歌声・・・この白塗りのエイサー隊の誰かがようやく歌いだしたように僕には思えた。

だが、白塗りのエイサー隊は相も変わらず三線を弾き、太鼓を打ち鳴らしている。歌声は空耳だと思った。歌ではなく、声がした。今度ははっきり僕の耳に残った。

「幸喜、この戦争は勝つぞ」

僕はどぎまぎした。思わず周囲を見回し、入道雲が湧き立った天を仰いだ。気がかりがし、白塗りの三人の三線弾きを凝視した。一番長身の青年が、藤子おばさんが言うように和夫なのだろうか。

戦争は四年前に終わったのに・・・この戦争は勝つぞなどと・・・いったい誰が？　和夫だ。和夫の声は少年のころから聞き覚えがある。

僕は和夫を注視した。和夫だけは集落の木、道、家、石垣をいとおしむように見つめながら三線を弾いている。

エイサー隊は小さい石橋の前に来た。経塚集落の畑や墓地や、ずっと先の別の集落に続く石橋のほとりに珍しい橙色の陽光が落ちている。

和夫なら僕の心の声が聞き取れると思った。僕は内心和夫に声をかけた。

「和夫、君は恋をしたか？　早智子に」

僕はじっと聞き耳を立てた。

「旧盆に心の恋人を、早智子を探しに来たんじゃないのか？」

和夫は自分自身が亡くなった事実をちゃんとわきまえているだろうか。僕は背筋がぞっとした。

白塗りのエイサー隊は哀惜の念に堪えられないように石橋を渡らずに大通りの方角に引き返した。

大太鼓の音が・・僕は戦場での体験はないが・・戦時中の砲弾の炸裂音のように聞こえる。今日の僕はどうかしている。戦争も終わり、この頃ようやく心の平安を取り戻したと思ったが、エイサーのためにまたかき乱されてしまったのだろうか。

どこかやる気がないような、このチョンダラーは間違いなく僕とは違う。両足が相撲のしこのように大地を踏み、片足が大きく宙に舞う格好もするにはするが、僕よりも弱々しく、ふわっとしている。

三線弾きの真っ白い顔の男が和夫なのかどうかは、和夫が僕のように背丈が低かったのなら、すぐ判明するのだが・・・僕は首を強く横に振った。戦時中でもないのにいまだに自分の背丈を責めるのか。責めてどうなるんだ。

橙色の陽光が方々の路地を照らしている。大通りの赤土に落ちたアコウやガジュマルの大木の影はさながら動物のように息をひそめているように見えた。どことなく不気味な陽光が一瞬、長身の三線弾きの真っ白い顔を透視させたと僕は思った。

「和夫、何があったんだ。何をしてきたんだ。僕に何か言いたいのか」と大声を出した。

エイサー隊の左端にいる長身の三線弾きに近づこうとした僕を早智子の姿が止めた。

戦前和夫がひそかにだが、まちがいなく恋していた早智子も今、エイサーを見ている。和夫に深く恋していた早智子の視線はずっとあの長身の三線弾きに注がれている。ああ、白昼の早智子の美しさは何にたとえたらいいのか。白い手足や顔に橙色の陽光を浴び、澄んだ大きい目にも橙色の輝きが揺曳している。時々ふいに吹く風に乱れる柔らかい髪が、長身の三線弾きの正体を知ってはいけないというように目を覆う。

僕は戦前のようにまだ和夫と早智子に嫉妬心があるのか、或いはもうないのか、よくわからないが・・・僕は繊細な恋心を互いに打ち明けられない和夫と早智子を妙に冷静に眺めている。

養父の区長は集落のエイサー隊の青年たちを戦場に送った罪悪感があるのか、全く歌を歌わない白塗りのエイサー隊に文句も言わず、呆然と立ち尽くし、酔わずにはいられないのだろう、兵隊の携帯用の水筒から直接たぶん泡盛を飲んでいる。

ああ、白塗りのエイサー隊は僕に何かを言いに来たのだろうか。

白塗りのエイサー隊の全員が死者に見える。

このエイサー隊はやはり戦前僕がチョンダラーを演じた仲間たちではないだろうか。

本来、グソーの人を喜ばせるためにエイサーは踊られる。戦前グソーの人を喜ばせていたエイサー隊の仲間は全員戦死し、グソーに行ってしまった。僕の仲間たちを喜ばせ、慰安するのは誰なのか？　僕か？　違う。いや僕だ。やはり違う。エイサー仲間は出征の時、誰一人も僕に敬礼をしなかったし、「行ってくる」とも言わなかった。僕に後事を託さなかった。

「誰でもいいから何か言ってくれ」と僕は叫んだ。白塗りのエイサー隊は一言も答えず、石垣と石垣の間の狭い路地に窮屈そうに入っていった。集落の人々も押し合いへし合いしながら後を追った。

辺り一面にいつもと全く違う空気が流れている。僕ははっとした。エイサー隊の後ろに何十年何百年前に亡くなった経塚集落の人が陸続と続いている。このような気配を感じる。昭和十四年に亡くなった僕の両親も人々の中に・・・気配だけだが・・・。

小さい経塚集落だが、ここに生まれ、生き、死んだ人は無数にいる・・・怪力の男や絶世の美女も・・・いかなる人生を送ったのだろうか。

いつもの年ならエイサー隊が来る前にどの家も送り火をともし、ちゃんとグソーに帰るように心から手を合わせる。亡くなった人は心安らかにこの世から離れていく。

今年のエイサー隊は、グソーから来たには来たが、だれ一人帰らないのだろうか。

エイサー隊の和夫が振り返り、藤子おばさんを見た。顔を厚く白塗りしているが、和夫のかすかな表情が僕には見えた。藤子おばさんに心を残し、悲しみ、怒り、悔しがっている。何とも言いようのない藤子おばさんの顔を見ると和夫がグソーに帰りたがらないのも無理はないと僕は思う。

しかし和夫がグソーに帰らないと、藤子おばさんは「和坊はもっと生きたかったんだね。うちと一緒にいたいんだね。どうして死んだのか、自分でもわからないんだね」と胸をかきむしるだろう。

僕は和夫に「早く帰れ。これ以上母親を悲しませるな。自分の運命を受け入れろ」と言った。

僕の声が聞こえたのか、白塗りの和夫の表情は妙に安らかになり、必死に三線をかき鳴らし始めた。和夫は、あの世に帰りたがらない自分自身を叱り飛ばしている、と僕は感じた。

突然、和夫が三線を弾く手を止め、「幸喜、戦争は酷いよ」と一言静かに、しかし非常に無念そうに言った。

一段とエイサー隊全員が演舞に熱を込めた。どこかか細い声だが、歌も歌いだした。今は全員が白塗りの下に安んじたような表情を浮かべている。

「グソーの人たちをこの世に何百年も毎年ウンケーしてくれている」お返しに、今グソーの人たちがこの世の人たちを楽しませている・・・。

グソーから来た、僕の仲間のエイサー隊は「死んだ自分たちを憐れむな。悲しむな」と言わんばかりに三線や大太鼓を鳴らし、歌い、生きている人を励ましている。

しかし、エイサー隊は全員急に肩を落とし、背中を曲げ、うつむいたまま、たどり着いた、先ほどの石橋を渡った。人々もついていった。子供たちははしゃぎながら走り、腰の曲がった老女たちは欄干をつかみながらゆっくりと歩いた。

僕も毎日のように渡っている石橋だが、今、足は硬直している。

「悔しい、悔しい、こんなに若いのに、死なせてしまって」

藤子おばさんは石橋のたもとにいる僕のわきに座り込んだ。僕は気力を振り絞り、藤子おばさんの痩せた肩に手を置いた。

藤子おばさんは亡くなった夫や兄弟の名前を一人ずつ口にし、「みんな、和坊を慰めてね。和坊を大事に抱きしめておくれよ」と哀願した。

石橋を渡り、しばらくまっすぐ歩いていた白塗りのエイサー隊はクワディーサー林の中の道に吸い込まれるように曲がった。束の間僕の耳に聞こえていた三線や歌や大太鼓の音が天に昇っていくように小さくなり、ついに消えた。

平和バトンリレー

1

アメリカ軍の兵舎や倉庫だったといわれるかまぼこ型の金属製のコンセットを僕たちの小中学校は校舎にしている。元々U小中学校だったが、戦後まもなく校名が「平和小中学校」に変わった。

二日前に大人たちが木材を組み、鳥居の形を作り、小中学校の正門に設置した。前日、中学生たちがつる草を絡ませ、蘇鉄の葉を飾り付けた。「鳥居」の中央の額縁の中に「平和」の文字が浮き出ている。

秋だが、運動会見物の男たちは麦藁帽子をかぶり、女たちは日傘や蝙蝠傘をさしている。テント張りの来賓席にはアメリカ軍関係者も座り、「ヘイワ、ヘイワ」と片言の日本語を発している。

小学生は布地の白い運動帽をかぶり、中学生は学生帽に万国旗をあしらった様々な鉢巻をしている。

中学三年生は棒倒し競技もある。僕は、敵の肩や背中に飛び上り、あっという間に敵の棒にしがみつき、棒を倒す中学生にあこがれた。

集落対抗学年別平和バトンリレー・・・舌を噛みそうな種目だが・・・は昭和三十年の今年も小中学校の運動会の最後を飾った。

G集落の小学五年の代表走者の僕は青いGマークを縫い付けた白いランニングシャツをつけ、五分刈り頭に青い鉢巻を強く締め、青いバトンを撫でた。

優勝したG集落の小学一年から中学三年の選手は白いランニングシャツと白い半ズボンのまま午後二時半にG集落の「平和G公民館」に集まった。

水の表面に木の影が落ちている。公民館の前に小さい池がある。戦時中、アメリカ艦船から艦砲弾が撃ち込まれた跡だという。日頃は夕方に野菜を洗いに来る人、手足や農具や馬や牛を洗いに来る人が所狭しとにぎわう。

先月、木造、赤瓦葺きの公民館が完成した。

建築中はG集落の顔役たちの意見が衝突し、公民館の名称は決まらなかった。昔通りG公民館が当たり前だという人と「平和」の文字を冠し、アメリカ軍の顔色をうかがう方が得策だという人にわかれていたが、落成まじかに折衷案を採用し、「平和G公民館」に決定した。

赤瓦屋根にシーサー（唐獅子）が鎮座している。

「祝・公民館落成、リレー優勝、平和」の急拵えの垂幕が近くの電柱から下がっている。公民館の周囲には砂利が敷かれている。軒に「飛翔」の文字の額が掲げられている。中は広く、空洞のように思える。

スタートをきった小学一年生が前列の右に立ち、賞状の入った額をかかえ、最終ランナーの中学三年生が後列の左に立ち、優勝旗を持ち、記念撮影をした。

何一つ賞品はないが、賞状は公民館に永久に飾られると初老の館長は言う。学校の運動会の種目の一つだから当然だが・・・賞状には選手個人の名前は一人も記されていなかった。

落成とバトンリレー祝勝会会場の公民館には選手たちに多くの老若男女が入り交り、大いに沸き立った。僕たち選手は大粒の汗を垂らし、顔を赤くしながら山羊汁に息を吹きかけ吹きかけ食べた。

山羊汁の臭いが新築の公民館に充満している。水やお茶は血管の脂を固めるという。水やお茶ではなく泡盛を飲まなければ危険だという。中学三年生の痩せ気味の選手は大人にすすめられるまま湯呑み茶碗一杯の泡盛を飲み、たちまち顔を真っ赤にし、せき込んだ。顔役や公民館関係の大人たちは山羊汁を食べ過ぎたのか、泡盛を飲みすぎたのか、足腰が立たなくなり、公民館落成とバトンリレー優勝を祝う午後四時半開始のパレードへの出席を見合わせた。

僕たち選手は一人残らず胃が凭れたまま、Gマークのユニフォームの乱れをなおし、青い鉢巻を締め直し、G大通りに向かった。僕は慎重に山羊汁を食べたが、ひどい胸やけを起こしている。自分の血がどす黒く汚れているように思った。

U村には七集落あるが、公民館落成とバトンリレーの優勝が重なるのは前代未聞だという。バトンリレーは数年前から催されているが、G集落は常に四位か五位に甘んじてきた。

G集落一の大通りの両側の店に「祝・集落対抗学年別平和バトンリレー優勝」の横断幕が揚げられている。

建物や電信柱の影が白っぽい地面に落ちている。まだ四時過ぎだが、秋のせいか、影は長く伸びている。

大通りを挟み、平和レストランと平和食堂が向かい合っている。レストランと食堂と名称は違うが、両方とも沖縄そばと野菜チャンプルーしか出していないと僕は覚えている。駄菓子屋も文房具店も「平和〇〇」と書いたのぼりを店先に立てている。運動会では「ああ、平和だ、平和だ」と口癖のように言う同年生もいた。

友情応援のU村の女子中学生のブラスバンドが先頭になり凱旋行進を始めた。ブラスバンドの後に、中年の女性たちの手踊りの隊列が続いた。

青年たちは大太鼓、締太鼓を打ち鳴らしながら歩き出した。勇壮華麗な踊りには形を変えた琉球舞踊やアメリカのジャズのリズムが取り入れられている。

行進しながら三線を弾き、パーランクーや太鼓を打ち鳴らすエイサーは何年か前、警察官の父と一緒に見た。しかし、このエイサーのようなバトンリレーの凱旋パレードというのは・・・公民館の落成が主なのだが・・・とても珍しかった。去年おととし優勝した別の集落の人たちも見物しているが、一様に驚いている。

僕たちバトンリレーの選手団は優勝旗と賞状を掲げ、威風堂々と行進を始めた。脂酔いしている僕はパレードにさほど興奮しなかった。

沿道の多くの男は麦藁帽子や鳥打帽をかぶり、アメリカ兵の丈が長くぶかぶかの中古のナッパ服を着ている。若い女は白いパラシュート生地のスカートを着ている。ウチナーカンプーの女もいる。男女とも手にアメリカ国旗を持ち、打ち振っている。ブラスバンドはアメリカ国歌を演奏している。

赤瓦屋根の家の二階の窓から老夫婦が手を振っている。隣の家の二階の窓には取り込むのを忘れたような布団が干されたままになっている。

U村には肉親が戦死した人もいる。心身に障害を負った人もいる。人々は内心はともかくパレードに歓喜し、僕たちに歓声を上げ、アメリカ国旗や万国旗を打ち振っている。

万国旗はただ四角や三角や丸を組み合わせているように僕には思える。どこの国の旗も似ている。このような旗に興味はなかった。いつだったか、図画の時間にアメリカの国旗を描いたが、手が不器用な僕は四苦八苦した。日本の日の丸ならなんとかうまく描けるのだが、と思った。

瓦葺きやトタン葺きや茅葺きのレストラン、洋品店、金物店、質屋、銀行、文具店、映画館、写真館、理容館の看板やのぼりには「祝・落成・平和」との下に優勝の紙が糊付けされている。

仏具、厨子甕などを売る店も大通りに面している。

軽貨物車、荷馬車、自転車は行進の邪魔にならないように慎重に道のわきを走っている。

戦前戦中日本軍が勝利した時に催されたという提灯行列を想起し、僕は奇妙な感慨を抱いた。

大人の間に立っている雄一郎は小さい、形のいい頭に時代錯誤の日の丸の鉢巻をし、日の丸の小旗を弱々しく振っている。

僕は顎も口元も引き締まり、二重瞼の目は大きく、身長は百六十六センチあり、小学六年、中学一年のバトンリレー選手より高かった。雄一郎は百五十センチほどだが、いつも胸を張り、細めの目を見開いている。

2

運動会の数日前、同級生の雄一郎が「二メートルの男を見た」と僕に言った。「嘘だ」「本当だ」と喧喧囂囂した末、運動会の翌日確かめに東隣のA村に行く約束をした。

どこにも満足な食べ物がないのに、人が二メートルに伸びるわけがないだろう。もしかするとアメリカ兵だろうか。アメリカ軍の中には多種多様な人種がいるというからありうる。しかし、視力もよく、目ざとく、神経質・・・僕もいささか神経質だが・・・の雄一郎が見間違えるはずはないと僕は思う。二メートルの男がもしアメリカ兵だったら雄一郎はどうするだろうか。いくら巨人でも敵だった者にあこがれたりは絶対しないだろう。

戦争中は体の大きさにより、大佐や二等兵になったのだろうか。上官は運動に秀でていたのだろうか。

十年前に戦争は終わったのに雄一郎は体格をひどく気にしている。

僕はこのような雄一郎に背比べをしようと声をかけた。雄一郎はいつも素直に応じた。まっすぐな木を探し、幹に背中をくっつけ、印を刻んだ。雄一郎は僕より十数センチも低いが、懲りずに週に一、二回測り続けた。

背比べをすればするほど雄一郎は気が小さくなるはずなのに背比べをしたら背が伸びると思っているのだろうか。雄一郎はほかの遊び仲間とは背比べを全くしなかった。雄一郎は僕に優越感を持たせようとしている。「君は文句のつけようのない体格をしている。立派な日本兵になれるよ」と暗に言っている。

大きい体格に・・・雄一郎ほどではないが、僕も遊び仲間もあこがれていた。

何もかも身長の順に序列が付けられた。

僕たちを勝手に子分にした中学生は、体の大きい小学生を第一の子分・・・僕だが・・・一番小柄な雄一郎を第六の子分と格付けした。道を歩くときも、遊びの途中、他所の家の井戸水を飲むときも先頭は中学生、最後は雄一郎だった。

ユーリキヤー（優等生）の雄一郎は学校の成績だけでは満足できないのだろうか。・・・まだ小学五年生なのに、今から伸びるはずなのに・・・戦争に役立つ体力や体格が欲しいんだ、と僕は考えている。雄一郎は体が小さく、徴兵検査を受けても落ちたはずなのに、なぜいつも戦争の話をするんだろう？

雄一郎は体格とともに怪力を渇望している。

運動能力のある僕はどのような競争、競技も雄一郎より数段優れている。遊び仲間たちは足の速いバトンリレーの選手を羨ましく思っている。からきし運動ができない雄一郎だが、なぜか僕を羨ましがる気配はなかった。

僕と雄一郎は丸い大きい、表面が滑りやすい石を持ち上げる勝負も何度かした。いつだったか、雄一郎はよろめき、危うく僕の足をつぶしかけた。

鉄棒の勝負もした。僕は逆上がり、蹴上がりを悠々とこなし、勝利の余韻を味わった。雄一郎は顔を歪め、必死に鉄棒にぶら下がったままじっとした。

鉄棒の近くにアメリカ軍の酸素ボンベがつりさげられていた。アメリカ兵がG集落に女漁りに現れた時、払い下げられたこの酸素ボンベを打ち鳴らす。しかし、アメリカ兵の侵入はなく、もっぱら朝昼夕の時報を知らせている。ある日、僕と雄一郎は酸素ボンベを大きく揺らす勝負に夢中になった。いつの間にか酸素ボンベすれすれに女の幼児が近づいていた。僕は体が硬直した。とっさに雄一郎が酸素ボンベに抱きついた。

僕はよく赤瓦の屋根に登り、魔除けのシーサー（唐獅子）の側にあおむけに横たわった。夏の夜は涼しく、輝く星や月の光に長時間ぼうとした。

G集落には戦禍を潜り抜け、生き延びた赤木やガジュマルの大木がある。成績がかんばしくない僕は木の上から人を見下ろし、優越感を抱いた。G集落中のすべての大木に登った。一つ上の枝に登っても見える人の大きさはさほど変わらないが、上に上に登ろうとする衝動がおきた。ある日の放課後、見事な大木の細めの枝に両足をかけ、さかさまにぶら下がっていた。落ちたら間違いなく大けがをする。いつの間に現れたのか、雄一郎がじっと見上げていた。

G集落の二キロ先に海がある。雄一郎は波を怖がり、少女のように浅い潮だまりにじっと浸っていた。僕が泳ぐのを恨めしそうに見ていた。僕はつき出た岩の先端から数メートル下の水に飛び込み、度胸を誇示した。飛び込む直前、水中に黒々と不気味に沈んでいる大岩が目に入り、恐怖を覚えた。雄一郎は見かけは悠然と身を躍らせる僕を見ていた。

僕は「雄一郎も飛べ」と不意に言った。怖気づいた雄一郎は後ずさりした。僕はふとかわいそうになり、岩の先端に進んだ。雄一郎は金縛りにあったように身動きしなかった。僕は「飛べ」と強要した自分を叱り飛ばすように、悲鳴をあげ、身を躍らせた。

僕が海面から顔を出したとき、雄一郎は「海行かば」を歌いだした。岩の上から妙に悲痛の声が舞いおりるように聞こえた。

何十日か前の夏休みのある日、真剣な目をした雄一郎が「ゴジラのように大きくなりたい」と僕に言った。僕は訳が分からなかった。

雄一郎は「放射能雨を浴びたい。浴びたらゴジラのように体が大きくなる」と言う。

今年、昭和三十年初めに「ゴジラ」の映画が上映された。僕たち仲間も大人たちもどこでもゴジラの話に熱中した。映画には「放射能雨」は出なかったが、どこの大人たちも「雨」は大変危ないと子供たちを怯えさせた。ラジオや新聞も「雨」には厳重に注意するよう報道した。

放射能雨を浴びると「頭が禿げる」「皮膚がゴワゴワになる」という噂を僕たちは信じた。

いつだったか、山遊びの途中、急に雨が降り、入り口に雑草が生い茂り、中にハブやムカデが棲んでいそうな防空壕跡に僕と雄一郎は飛び込んだ。

「雄一郎は頭が剥げても大きくなりたいのか。顔も体も醜くなるんだよ」

「いや、ゴジラは最初から醜かったんだ。僕は違う」と雄一郎は後に引かなかった。

「頭を冷やせ。放射能雨を浴びたら狂暴になるよ。僕の近所の家の山羊はとてもおとなしかったが、雨に濡れた途端、暴れて、小屋をけ破って、逃げて、大人が十人がかりでようやく捕まえたんだ」

僕たちはなおも言い合った。ふと、雄一郎は僕だけを信用し、打ち明けたんだ、と思った。

「雄一郎、ゴジラになるのはよせ。中学生になったら雄一郎も背が伸び、体重も増えるよ。運動も上達するよ」

僕は懸命に慰めた。

遊び仲間たちはユーリキャーの雄一郎にはどことなく近寄りがたいと思っている。彼らが雄一郎は全く運動ができないと軽んじれば軽んじるほど雄一郎は僕に内緒話をするように「日本軍の強さ」を強調する。

雄一郎は普段の話をするときは弱々しい小声だが、日本軍の話となると心持キョウツケをし、変に厳粛に話す。このようなときは小柄なのに、より胸を張り、堂々としている。

時々両足に戦時中の兵隊のように・・・ゲートルとかと呼ばれているが・・・白い布を固く巻く。足が遅く、持久力もないのに、どういうつもりだろうか。

運動が僕に勝てなくても悔しがりもしないし、落ち込む様子もないが・・・。戦争には走りや泳ぎなど運動能力が必要不可欠だと僕は思う。何もかも僕に負けているのに、特訓を受け、少しでも上達しようとしないのはどういうわけだろうか。優秀な頭脳と大量の武器があれば体は小さくても運動が出来なくても敵に勝てると雄一郎は考えている？　いざ戦争になると自分のようなものでも上官になれると信じている？　上官になる自信があるから頻繁に戦争中の日本軍の話をするのだろうか。

戦後十年になる今、しょっちゅう日本軍云々する雄一郎は僕には不可解だった。

雄一郎は毎日寝る間際、日本軍の勝利を思い浮かべているという。戦争を想起し、アメリカ軍を壊滅させる情景を思い描くという。よくも学校の成績が落ちないもんだと僕は感心している。日本軍の勝利が活力をもたらし、頭の回転もよくなるのだろうか。

雄一郎はしきりに日本兵の勇敢さを強調する。

戦艦大和や零戦の戦力、機能、大きさを事細かく話す。何とかという大砲や高射砲の種類も知っている。雄一郎は戦争の本や写真、不発弾・・・危険きわまりないが・・・鉄兜などを収集している様子はないが、なぜこうも戦争に詳しいのか、謎は深まる。

また日本の軍馬はアメリカの軍馬より何十倍も優れていたと何度も強調する。アメリカ軍にも軍馬がいたのだろうかと僕は思う。アメリカ映画の西部劇には馬が必ず出てくるが。

雄一郎は立派な日本の軍人になった自分を夢想しているが、万に一つも武勲をあげられるような自分ではないと悲嘆に暮れていると僕は思う。雄一郎は運動が得意な僕に「兵隊になれ」と言わんばかりにくっついてくる、とも思ったりもする。

雄一郎は僕にだけ「日本軍は勝てた」という話をする。仲間と一緒の時はじっと黙っている。やはり雄一郎は僕に「立派な日本兵になれ」と内心言っている。僕だけを戦争に参戦させたがっている、と僕は思ったりする。戦死した日本兵から僕はバトンを受け取り、新しい日本兵になるのだろうか。雄一郎が「戦争するよう」に僕一人に言ってもどうなるもんでもない、雄一郎の中の世界にすぎないと僕は思う。

僕は聞きたいわけではないが、雄一郎は色々な軍歌を歌って聞かせた。

蓄音機を持っている家はほとんどなく、ラジオから流れる歌は沖縄民謡や歌謡曲だが、雄一郎は軍歌も知っていた。僕と一緒に山や海に遊びに行く道すがら、よく「愛国行進曲」や「麦と兵隊」を歌った。

雄一郎は八番もある長い軍歌の歌詞もちゃんと覚えていた。

音程が外れているが、雄一郎の声はどこか悲痛の響きがある。僕はおとなしく聞いている。

沖縄出身の人が作ったという軍歌はしつこく聞かされた。「愛馬進軍歌」だったと思うが・・・よく覚えていないが、この歌を歌う時、雄一郎は自分を鼓舞するかのように一節一節に力を込めた。僕にも歌うよう促した。僕はしどろもどろになりながらもところどころ声を合わせた。

軍歌を歌っても駄目だ。僕は内心言った。まず体を剛健にし、運動能力を高めよ。・・・雄一郎は明らかに作戦参謀になろうとしている。戦争のあれやこれやを毎日考えている雄一郎は成績も優秀だし、戦時中なら司令官だった可能性がある。司令官も徴兵検査とか受けるのだろうか。僕は読み書きだけは人並みあるが、成績は芳しくなく、体育がずば抜けているから二等兵だろう。

数か月前の六月のある日。学校の帰りに雄一郎を見た。夕暮れ時、G集落の外れの電信柱に貼られた紙の前にじっと立ち尽くしていた。どうしたわけか声をかけるのをためらった。雄一郎は立ち去り、僕は標語を見た。「肉親の仇を討て。無念を晴らせ」と書かれていた。

何日か後、雄一郎がなぜ電信柱のあの標語を食い入るように見ていたのか、ようやくわかった。雄一郎が五、六歳の時、父親が突然廃人になったという噂があの頃、G集落中に流れていた。戦争の後遺症が・・・戦場からかすり傷一つ受けずに帰還し、結婚もしたが・・・数年後に発症したという。

戦前冬には零下三十度にもなる満州に数年間赴任したという僕の父親は今もU村の警部派出署に勤務している。生活は安定している。母一人子一人になった雄一郎は生活が困窮し、ほとんど裸足のまま通学している。いつもズックをはいている僕だが、ふたりきりの時は裸足になったりした。

あの頃を境に雄一郎は頻繁に日本軍や戦争を云々するようになったのではないだろうか。

父親をあのような酷い死に追い込んだ戦争を・・・戦争と言うより敵のアメリカ軍を憎むようになり、日本が勝つ夢を常に頭に浮かべるようになったのだろうか。

雄一郎は父親の復讐をしようとしている？　雄一郎の父親は確かに自殺した。自殺だが、一種の戦死だ。しかし、アメリカ兵に直接殺されたのではないのでは？　復讐するなら戦争に駆り出した日本軍部や国に怒りの刃を向けるべきでは？

一体全体だれが書いた貼り紙だろうか。「肉親の仇を討て」の標語に雄一郎は気力・・・士気を奮い立たせたのだ。・・・あの標語を書いたのは雄一郎自身ではないだろうか。僕はうなづいたり、かぶりを振ったりした。

3

運動会の翌日は休校だった。疲れが出たのか、珍しく寝坊した。山羊汁の胸やけがおさまり、頭がすっきりした。

午後四時過ぎに家を出た。平和小中学校のコンセット校舎の裏にあるガジュマルの大木の下に約束通り雄一郎はいた。七分丈のズボンを着け、珍しく白い長靴下・・・ゲートルのつもりなのか・・・とズックをはいている。

日ごろから雄一郎は二メートルの男に限らず、思い出したように「どこそこの誰は身長がいくらある。体重がいくらある」と口にした。

雄一郎は自分と正反対の大男を常に探している。大男は戦闘能力があると言う。二メートルの大男というのは僕には信じられなかった。大男を日夜渇望し、想像している雄一郎はついに妄想が生じたと僕は思った。

G集落はもちろんU村には百七十センチを超す人間はほとんどいないように思う。雄一郎の暗示がかかったのか、僕は小学五年生ながら百六十六センチの自分の身長を誇らしく感じている。

一本道の先にあるA村に僕たちはめったに行かなかった。「よそ者が来た」とA村の中学生に喧嘩を吹っ掛けられ、痛い目にあわされたというU村の中学生の話が耳に残っている。

戦後大人たちは多かれ少なかれ無気力になっているが、A村の中学生たちは闘争心がある。A村に入ったら攻撃を受け、僕も雄一郎も多分血を流す。できたらU村に引き返したいのだが・・・。雄一郎の細い顔には決死の覚悟の色がにじんでいる。バトンリレーはG

集落が優勝したというニュースは当然A村の小中学校にも知れ渡っている。僕が優勝選手だとわかったら、さすがの悪童たちも僕と雄一郎に手出しはせず、むしろ歓迎するだろう。

丘のふもとから野焼きの煙や家々の夕餉のしたくののどかな煙がたなびいている。僕はため息をついた。昭和十九年生まれの僕や雄一郎は戦前のG集落を知らないが、このような煙が方々から立ち上っていたに違いないと思った。

僕も雄一郎も早めの夕食を済ませてきたが、いささかひもじくなった。

右前方に現れた松に囲まれた広場が妙に懐かしく思えた。日曜日も夏休みもバトンリレーの練習に没頭した。中学生たちの監督、指導のもと、大声や気合をかけ合い、何周もした。炎天下、連日帽子もかぶらず、坊主頭に鉢巻をしただけだったが、フラフラもしなかった。

広場の土は赤っぽく、赤い広場と僕たちは呼んでいた。赤い広場の近くに住んでいた雄一郎はよく雑木の陰から僕たちの練習を見ていた。

雄一郎の茅葺きの家は石垣や生垣ではなく・・・雄一郎の日本軍賛美とは相反するようにも思えるが・・・アメリカ軍の艦砲弾の薬莢を縦に何本も並べ、屋敷囲いにしている。

今日の待ち合わせ場所は雄一郎の家の近くにしてもよかったが、無意識に雄一郎の家を避けたのだろうか。雄一郎も今までに一度も「自分の家に遊びに来て」とは言わなかった。雄一郎の家を避け、学校や集落内や野山を遊び場にした。

雄一郎の両親の噂話は近所の大人たちから耳に入ったが、顔や姿は想像できなかった。今、雄一郎の母親や牛は仕事に出ているのだろうか。しかし、雄一郎に聞けなかった。

僕は小学校にあがった頃、G集落の大人たちに、この家には絶対近づくなと言われた。激戦地の兵士は終戦後何年たっても頭に戦争が迫り、ある日突然気が狂れるという。雄一郎の父親は昼夜を問わず集落中を歩き回り、夜中でも家人をたたき起こし、酒を出させ、とめどなく戦争の話をし、暴れた。

ついに理性を失ったG集落の人たちが芋畑の脇にある、窓に鉄格子をはめたコンクリート造りの小屋に・・・嘘か真か切腹用の草刈り鎌を置き・・・閉じ込めた。

雄一郎の父親は切腹はしなかったが、ある日突然あたかも弾丸に射抜かれたようにあおむけに倒れ、絶命していた。・・・警察官の僕の父親は離島に赴任していた・・・。

雄一郎は遊び仲間と距離を置いているが、僕には親し気に近づいてくる。僕ができるかぎり、雄一郎を仲間の仕打ちから擁護するのは雄一郎の父親が時々頭に浮かんだりするからだろうか。

雄一郎と二人暮らしの母親は貸し牛業をしている。二頭の老牛を農家や運搬業の人に貸している。

老牛は二頭とも戦争を生き延びた。戦前、雄一郎の父親はこの老牛をわが子のように大切に育てたが、戦争から帰ってきた後は見向きもしなかったという。今、二頭の老牛は雄一郎の父親の形見になっている。

一本道に僕と雄一郎の淡い影が落ちている。僕たちは足を速めているのに、影は静かに動いている。

焼け焦げた琉球松が一本道の両脇に等間隔に立っている。前日の運動会の喧騒が信じられないような妙に沈んだ時間が漂っている。立ち並ぶ琉球松の枯れ木にも秋風が吹いている。

夏休みに雄一郎と探検したムーチー（六つ穴）壕の周りの草は寒々と色あせ、中から唸り声に似た風の音が聞こえてくる。

日が落ち、辺りが薄暗くなり、たぶん出会う人の顔は識別できないだろうと僕は思った。普段なら何人もの野良仕事帰りの人がいるはずだが、なぜ今、この一本道を誰も通らないのだろう。

体格もよく、体力もある僕だが、この一本道を歩き続けるのは気が重かった。一本道は果てがないように思える。雄一郎と木の幹に背中をくっつけ、背比べをした自分が子供っぽく思えてきた。

枯れた琉球松並木の脇に短い草が生えた原っぱが続いている。昨日のG大通りはあんなににぎわっていたのに、ここにはわびしい風が吹いている。ところどころにある土手に十数人の戦死者が浅く埋まっているという。今でも草が枯れる冬には白骨が現れるという。雑草の中から蘇鉄の群生が顔を出している。上部が破壊されたままの墓もある。中に遺骨は入っているのだろうか。家より墓が大事だとも言われているが、墓を修繕する金がないのだろうか。一家全滅したのだろうか。

夕日に包み込まれた一本道に戦車が通ったような跡がある。信じがたいが、赤茶けた土にキャタピラの跡がついている。雄一郎が何か言いだしそうな気がしたが、相変わらず地面を見つめたまま歩いている。

僕の顔に風が当たっているが、土埃は少しも舞い上がらず、雑草も揺れ動かなかった。向かいから金属の水タンクを載せた馬車が近づいてきた。車軸にたぶんアメリカ軍の払い下げのゴムタイヤが取り付けられている。夏でもないのに一本道に水を撒いている。

夏休みに何度か水タンクを載せた馬車を見た。G大通りに水を撒いていた。しかし、秋の今、このような一本道に水を撒くというのは不自然に思えた。水タンクに残った水を捨てているのだろうか。僕たちがこれから行くA村からの帰りだろうか。顔も体もぼんやりかすんでいる御者は戦前戦中の国民服を着ている。どこに水を撒いてきたんですかと聞きたい衝動にかられた。しかし、僕も雄一郎も口を開かなかった。御者は僕たちを一瞥もせず前方を見ている。日暮のせいか、馬車の音は静かに周りにしみこんでいた。

僕と雄一郎は無言のまま歩き続けた。昨日のバトンリレーの余韻が夕暮れに漂ってくれと僕は願った。

どこか物悲しく、うすら寒い風が吹いている。薄暮の中に何本も枯れた琉球松が連なっている。灰色の雲が広がり、空の隅にほんの少し夕日の名残のぼやけた赤が見えた。

僕の白い半袖上着の袖口から風が吹き込んだ。枝葉が鳴っているような音が聞こえる。戦前、枝葉を茂らせ、真夏に濃い影を落とし、人々に涼を恵んだ琉球松は今は枯れたまま立っている。しかし、周辺になぜか木のくずやわくらばや枯葉が落ちている。

一本道は気が遠くなるくらい長かった。のどが渇き、足は近所の青年が体を鍛えるために所有している鉄の下駄をはいたように重く、頭はくらくらし、一瞬、枯れた琉球松が水中の昆布のように揺らめいた。遠くから妙なざわめきが風に乗り、聞こえてきた。

僕たちは一本道をうつむいたまま歩いていたのだろうか。

ぼうとした影のような二人の女はいつの間にか僕たちに寄り添っていた。背筋が寒くなった。

僕たちの斜め前を二人の女が腕を組み、歩いている。

二人とも全く笑みを浮かべないが、どこか柔和な顔をしている。顎が引き締まり、利発そうな黒目勝ちの目をしている。

二十歳くらいの女はモンペと割烹着を着け、斜めにたすきを掛けている。割烹着はG大通りにある食堂のおかみさんもよく着ているし、たすきも主婦たちが村役場に陳情に行く時にはかけている。この女のたすきには「大日本国防婦人会」という文字が記されている。

幾分若く見える女は戦前の女学生のような三つ編みをし、セーラー服を着ている。

女たちが姉妹なのか、友人なのか、或いは、腕を組んではいるが、全く知らない他人同士なのか、僕にはわからなかった。

国防婦人は日本軍の勝利に歓呼の声を上げる、という記憶がふいに蘇った。

昨日、健闘し一位になったG集落代表選手の僕を女たちは「ほめる」と思った。女たちはほめはしなかったが、僕の意図が通じたのか、「うちらも本当にたくさん走ったのよ」とセーラー服の女が言った。「私たちも運動会で走ったわ。おさげに鉢巻をして」と割烹着姿の女が言った。「大きな声援を受けたわ。はためく日の丸の下」とセーラー服の女が言った。「軍艦マーチも響いたよ」と割烹着姿の女が言った。「身体の錬磨をたくさんしたわ」とセーラー服の女が言った。「非常時女学生の意気溌溂たり。堅忍持久の精神を養ったのよ」と割烹着姿の女が言った。

僕と雄一郎は一言も発せなかった。

割烹着姿の女が言った。僕と雄一郎は思わず声を出した。

「点呼します。はい、番号」

「一、二・・・三」

「もとい」とセーラー服の女が言った。僕たちが口を動かしかけた時、「足を高く、もっと高く、もっと右」と割烹着姿の女が言った。僕と雄一郎は体が硬直した。

「あなたたち、走りなさい。早く、走って」

セーラー服の女の叫び声に驚いた僕と雄一郎は思わず尻もちをついた。

女たちは戦前の運動会の走り競争の話をした。女たちの声は透き通り、妙に心にしみたが、いつの間にか戦時中どこまでも逃げ回った話に変わり、あとからあとからすごい早口の言葉がとめどなく出てきた。

二人の女は本島南部を連日連夜、死体に躓きながら逃げ回った話をしているようだが、崖っぷち、海岸、雨の中、泥道、照明弾、艦砲射撃などの一つ一つの単語しか聞き取れなかった。

女たちはあたかも今、全力疾走しているかのように激しく息をつぎながら絶え間なく話し続けている。

女たちは「走って、走らないと死ぬわよ」「死ぬよ、死んでしまうよ」と喚くように言った。僕の耳には「逃げて、逃げて」と聞こえた。

地面から立ち上がった僕と雄一郎は何かにはじかれたかのように走り出した。

僕と雄一郎はG集落に逃げ帰るつもりだったが、気が動転し、一本道の先に走っていた。

僕たちは振り返った。夕暮れ時の女たちの淋しげな、何とも言えない後ろ姿はしだいに消えていった。

「あの女たちは隣村の人かな?」と雄一郎に聞いた。「僕たちは知らないが、G集落の人かもしれないよ」と、運動下手なのに全力疾走した雄一郎は息を弾ませながら言った。

4

一本道にいいようのない寂寥感が漂った。僕は戦争を知らないが・・・戦争を忘れさってはいけないと強く思った。

平和バトンリレーではいくら走っても平気だったのに、今は足にしびれるような痛みが走り、重くなっている。二メートルの男なんか、雄一郎の見間違いだろうが、想像の産物だろうが、どうでもいいと思った。

平和バトンリレーのようにゴールがないと先に進めないような不安が生じた。

四年生からバトンを受け、何も考えずに懸命に走り、六年生に渡す。ゴールがある。ゴールと戦勝と命令はどこか似ているような気もする。誰かの命令に従うと進みやすいかもしれないが、自分の目と足を頼りに進まなければ・・・。兵隊は誰もが自分の意思ではなく、たとえ大将でも誰かの命令通りに動いているのではないだろうか。今は何も考えずに「走って」と叫んだ二人の女を思い起こさないようにしよう。

琉球松の豊かな木陰に座った戦前の人たちは長い一本道も苦にならなかったに違いない

と僕は思った。

何十本もの枯れた琉球松の間隔が広がっている。一番近い琉球松を誰かが設定したゴールではなく、自分自身のゴールに見立てた。

五十メートルほど先の枯れた琉球松にたどり着いたら休もうと僕は考えた。休めると思うと力がよみがえった。何も考えずに枯れた琉球松をゴールにした。ずっと先を見ると気後れする。足元を見つめ、時々顔を上げ、枯れた琉球松を見た。

やっと着いた。だが、僕は枯れた琉球松の幹に触れたが、雄一郎は足の歩みをとめなかった。

広く長い一本道に・・・先程は妙な二人の女がいたが・・・誰もいないというのはおかしいと僕は思った。戦前U村とA村の人々の行き来が盛んだったからこんな大きな道ができたはずだ。

先に誰かいそうな予感がする。雄一郎の目もおびえている。僕たちは無言のまま立ち止まり、しばらくじっとしたが、G集落の方に引き返した。

一本道の土が吸い込んだのか、松葉杖の音は少しもたたなかった。人の気配に僕と雄一郎は振り返った。

心持ち胸を張るようにまっすぐに進んでくる女に僕と雄一郎は道を開けた。

立ち止まった女は片目に眼帯をし、一本の足が白いスカートから出ていた。夕暮れなのに麦藁帽子をかぶっていた。

女の二重瞼の黒目勝ちの右目は美しく、左足はすらりと形がよく、色も白かった。体つきも痩せ気味だが、どこか肉感があり、肌もつややかだった。

女はこのように長い一本道をどこから歩いてきたのだろうか。脇道は見当たらないが・・・。何より目と足が不自由な女が歩いてきたというのは信じがたかった。運動が得意な僕でも疲れるというのに。今日の僕の目はどうかしているのだろうか。昨日のバトンリレーの疲れや山羊汁の脂が脳にこびりついているのだろうか。

辺りは薄暗くなっている。僕は目を凝らした。女は顔に白いおしろいを付け、赤い口紅を塗っている。ああ、このような姿になってもお化粧がしたいんだ。僕は胸が締め付けられた。体調を崩し、G大通りの診療所にでも行くのだろうか。

この女の人はちゃんと暮らしていけるだろうか。

何か月か前に見た軍人の戦傷者を思い起こした。N市の街角に白い着物を着け、兵隊帽をかぶった男が座り、ラッパを吹いていた。足元に空き缶が置かれていた。

女が「先立ったものが、後になるものをすぐに呼び寄せるというのが、夫との今生の約束だったの。でも、うちは・・・夫は戦死したのに・・・生きていきたいのよ」と言った。このような体のまま？　と私は不遜な考えをした。

戦死した夫の元に行きたくないと女は言う。今だから許されるものの戦前戦中だったら非国民の烙印を押される。

よく見ると女の顔によく似た赤ちゃんを背負っている。

僕は何かにつられるように赤ちゃんに両手を広げ、笑顔を見せた。赤ちゃんは一瞬「怪しい」という表情をしたが、すぐ無邪気に笑った。

夫との約束を破ってまでも女・・・銃後の妻は軍人の夫にすべてを捧げたという・・・が生きていきたいのは、片目と片足を失っても必死に生きようとしているのは赤ちゃんがいるからに違いないと僕は思った。しかし、女に赤ちゃんを育てる術はあるのだろうか。

「うちのどこが一番好き？」

女は唐突に聞いた。僕は思わず「耳」と言った。

「耳が一番好きなの？」

僕は表情が固まり、身動きできなかった。なぜ耳と言ってしまったのだろう。耳は誰もほとんど似ている。綺麗な目と妙に肉感のある小づくりの美しい唇が好きだとなぜ言わなかったのだろうか。女に失われた片目を思い起こさせてしまったのではないだろうか。

「短い白昼夢のようにたった一度の人生を消してしまったのね・・・うちの赤ちゃんは綺麗でしょう？　綺麗な顔のまま亡くなったのよ」

「亡くなった・・・」

ついさっき僕に微笑んだばかりなのに・・・。赤ちゃんは女の背中に柔らかそうな顔を密着させ、少しも動かなかった。

女が「赤ちゃんは綺麗な顔のまま亡くなった」と言うのは必死に赤ちゃんに「生まれたかいがあるのよ。安んじてね」と言っているのだろうか。

女は突然「G集落に敵を殺した人はいるの？　一体誰？」と聞いた。一瞬、「G集落に敵に殺された人はいるの？」と言っていると思った。

殺した人？　何のためにこのように問うのだろうか。戦争だから当たり前じゃないか。僕は内心言った。どこの集落にもいるよ。兵隊になったんだから。敵を殺すのが兵隊の重大な任務なんだ。殺さないと殺されるから、殺したんだ。

しかし、昨日、G大通りに集まり、僕たちの平和バトンリレーの優勝を心から祝った人たちが・・・戦争帰りの人も何人もいた・・・敵とはいえ、人殺しをしたなどとは・・・。近所のおじさんも戦争帰りだ。ふと恐ろしくなった。僕が一瞬敵に見えたりしないだろうか。畑仕事をしている親戚のおじさんはいつも草刈鎌をもっている。発作的に僕を切りつけないだろうか。

身近に住んでいる大人がたとえ憎い敵とはいえ、人を殺してきたとは・・・。僕も雄一郎も息をつめた。まさか、雄一郎の父も敵を・・・。

この女はアメリカ兵にではなく日本兵に、いやG集落の誰かに殺されかけた？　まさか・・・。敵を殺した人が身近にいると復讐を遂げてくれたと、溜飲が下がる・・・。

アメリカ兵が憎いから殺す・・・。G集落には何年も憎しみ合っている二人の中年の女がいる。まだ二人とも元気だ。憎いから殺しあうのではなく、日本兵もアメリカ兵も国や軍の上官に殺すように命令されたからでは？

恐ろしい問いに僕も雄一郎も声を失っていたが、どういうわけか雄一郎が「探してきます」ととんでもない約束をした。

G集落の大人たちは戦争の話さえしないのに、敵を殺したという告白などするはずはない、絶対に聞き出せないと僕は思った。「戦時中、アメリカ兵を殺した？」と聞いたら、聞かれた相手はずっと苦しむだろう。戦傷者だろうが、戦争被災者だろうが、誰もがこのような問いは発してはいけないと僕は考えた。

何日たとうが何十年たとうが・・・戦争に変に執着している雄一郎でさえ・・・「敵を殺した人」を探せるはずがないと僕は思った。

いつかの張り紙に仇を討て云々と書かれていたが、この女は夫の仇を討つつもりだろうか。夫を殺した人？　しかし、夫は戦死だ。たいてい爆弾や爆風にやられる。殺した人間はわからないのでは・・・。

女には妙な威厳が漂っていた。右目に鋭い光が宿っていた。ああ、誰かこの女の人を助けてください、と僕はつぶやいた。

「戦死した人は死んでも死にきれません」と雄一郎が唐突に言った。

僕はふと、この女の人は片足と片目だけではなく、脳や内臓も傷ついている、短命に違いないと思った。女の右目に漂う気の毒な表情が胸を締め付けたのか、目の中の生き抜くという決意の光が胸を打ったのか、僕は勇気を振り絞り、「どうか長生きしてください」と言った。

「十九年の命だったのね」と女は言った。「お国のために尽くしたけど、もっと生きたかったわ」

僕は何がどうなっているのか、わからなくなった。

女は「ありがとう」と優しく言った。唇にも右目にも何とも言えない美しい表情を浮かべ、女は微笑んだ。

女は静かにA村の方に去っていった。

僕と雄一郎は長い間立ち尽くした。

ああ、昨日のG大通りでは多くのお年寄りも集まり、僕たちを祝ってくれたのに、この一本道では十九歳の女の人も赤ちゃんも死んでしまっている。人はどういう運命を背負っているのだろうか。

お国のために尽くすのは兵隊だけかと思っていたが、若い女の人も赤ちゃんも・・・尽くしたのだろうか。

僕はふと『雄一郎、君のお父さんもお国に尽くしたんだね」と言った。

雄一郎が「あの女の人も赤ちゃんもお国のために尽くさなければ天寿を全うできたかもしれないね」としみじみと言った。

「女の人と約束したけど、人殺しを探さないよ」

雄一郎は言った。僕は深くうなずいた。

あの女の人に比べたら体の大小、運動の得手不得手なんかなんだというんだ。僕は内心言った。

「戦争は十年前に終わったんだ。敵を殺したと言っても英雄や人間失格になるわけでもないから」と雄一郎は意を決したように言った。

女の人も赤ちゃんも枯れた琉球松も一本道も青っぽい靄の中に消えた。

夢幻王国

1

米軍の野戦病院の通訳のハワイ二世に、この尚子という娘は助かりません、と言われた後の記憶は曖昧ですが、私、尚子は今、まっすぐに伸びた大きな道を歩いています。なぜか道の途上の両側に戦死者名を記した「大友新之助中尉戦死場所」「伏見浩太軍曹戦死場所」など数多くの標柱が立っています。

何時間歩いたでしょうか。何度か母から聞いた久場（くば）という小集落への道の両側に琉球松の古木が生えています。私は歩き続けました。私は自分を案内するかのように赤土に映り動く雲を足早に追いましたが、雲の速さには勝てません。汚れた紺の木綿の服やモンペを着た疲れ切ったお年寄りや中年の女がすれ違いざま私をじろじろ見ました。

私は母が戦前生業にしていたパナマ帽をかぶっています。

戦前母方の祖父は琉球時代劇に出演していました。琉球時代劇に魂を奪われていた母はよく琉球王国につながる話を私に聞かせました。母はなぜか琉球王国に誇りを持ちなさいとも私に言いました。私が通った尋常小学校が首里城の南殿にあったからかしら、と思ったりしました。琉球王国の御城の首里城とか百浦添御殿（首里城の別称のようです）などは私の頭にこびりついています。

私の足は仏（ほとけ）の坂（ひら）の下にあるという、別名フチサ（崖下）とも呼ばれる久場集落に向かっています。

母は集落共有の茅を植えた丘があり、屋根をふくときは共同作業をすると言っていましたが、戦禍に見舞われたのか、丘と言う丘は禿げ上がっていました。戦前は蚕を飼っていたようですが、桑の木は一本もありません。筍を売りに出たといいますが、竹林もありません。

ようやく久場集落に近づきました。海に面した沖縄の集落には珊瑚礁の浅瀬や砂浜やアダンや福木の林があります。海から遠い山間にある久場集落にも白砂をまいた道、緑の福木並木、珊瑚の石を積み上げた石垣があります。

石橋には石の欄干があります。石畳道です。久場集落の人たちは白い石を大切にしているようです。

ふと集落の風景が琉球時代劇の舞台の背景画のようにも見えました。

家々の屋根は赤瓦をふいています。げっきつや仏葬華の生垣もあります。

小さい広場に梅の古木があります。「首里城に植えた時のものと同じ」と母が言っていた樹齢四百年の赤木の大木もあります。

広場のすぐ近くに崖の洞穴を利用した琉球王国時代の士族の墓が二基あります。墓は琉球石灰岩を丁寧に削り、大きな石が積まれています。入り口の石垣には漆喰が塗られています。母は廃藩置県の時代に石積みも洞穴も遺骨も全滅したと言っていました。「日に照らされたままの真っ白い骨は琉球王国時代、歌舞を担っていた先祖の成れの果ての姿」とよく泣いていましたが、いつの間に復元されたのでしょうか。

墓の近くの木立に・・・いつの時代かは知りませんが・・・琉球国王が集落の、美しいおもろを歌う美女と語らい、遊んだという拝所もあります。久場集落は・・・周りの地形はともかく・・・地獄のような戦争被災もなく、私はこの集落だけが天から静かに降りてきたように錯覚しました。今、山桃の木はありませんが、大正の初めころまでは山桃の木々が周りに茂り、春には娘たちがざるいっぱいの山桃を頭にのせ、町に売りに行ったといいます。

石垣も路地も似ています。小さい集落ですが、迷路になっています。どこかのグスク（城）の城石を屋敷の囲いに使っている家もあるのでしょうか。とても古い石に見えます。集落には音がなく、木の葉が風に揺れていますが、何も聞こえません。

2

幼少のころから母に聞かされてきた私の家系は私の頭の中では錯綜しています。もしかすると母も錯綜したまま記憶していたのかもしれません。或いは祖父が演じた琉球時代劇の演目ではないでしょうか。先祖の色々な話を聞きましたが、正真正銘の話は一つあるかないかのように思えるのです。

明らかに伝説でしょうが、先祖の駆け落ちした女性は男の子を生んだ。親が激怒した。女性はあるグスクの近くの洞穴に赤子を隠した。女性はいてもたってもいられず四日後に洞穴に行った。巨大な鶯が歌を歌いながら赤子を包み込み、白い馬も歌いながら乳を与えていた。女性はこの子は神託を受けていると悟り、家に連れ帰ったといいます。

歌舞に秀でた先祖は国王からあるグスクの踊り奉行に任命された。しかし、姦計に長けた従兄弟の娘に誘惑された。二人は駆け落ちし、踊り奉行の役職を従兄弟が横奪した。このような史実を巨大な鷲伝説は映しているのでしょうか。

海を隔てたどこかの国を攻める際、各地の按司など二千の軍勢が集められた。中国と大和から来た軍事顧問の二人の軍師とともに歌舞に抜きんでていた先祖も艦船にのりこんだ。味方を鼓舞し、敵を威圧する先祖の歌は強力だったと言います。

いつの時代でしょうか、仕えていた国王が亡くなり、王子と叔父の間に後継者争いがおこった。敗れた王子一行と共に私の先祖は朝鮮に逃げた。城から脱出する際、王子は首・・・敵が戦果に持ち去った・・・のない味方の兵の死体の服に着替え、敵の目を欺いた。数年後、王子側の勢力が興り、叔父の政権は崩壊し、王子一行と歌舞に秀でた私の先祖は琉球に戻った。王子は国王に即位し、私の先祖も重宝された。朝鮮半島の南にある済州島には琉球の王子が乗っていた船が漂着したという言い伝えも残っているようです。

3

明治二十九年生まれの母の悦子は子供のころ一種の眠り病だったのかしら。私は父から聞かされました。よく雲や星を見ようと屋根に登ったが、すぐうつらうつらと眠ってしまいました。周りの人たちが「落ちるよぅ」と大騒ぎしました。

赤ん坊の悦子は時々高熱を出しました。父親が古井戸に下り、摘んだ苔のような薬草を悦子の舌につけました。熱はすぐ下がりました。この高熱との因果関係はわかりませんが、二、三歳のころから昼間も縁側に座りふねをこぐ老人のようによく眠るようになりました。

母の眠り病は思春期には消えましたが、時々人一倍、空想にふけるようになりました。

母と祖母は琉球王国のころの歌舞に秀でた先祖の話をしながら細かく裂いたアダン葉を編み、琉球パナマ帽子を作り、隣村に出かけ、米や雑貨と物々交換してきました。

母は十八の時、写真屋の息子と見合い結婚をしました。母の家系は長らく女家系でした。父は入り婿でした。父は写真機を自転車に乗せ、出張撮影に出かけました。農家が赤ん坊や家族ではなく、牛や馬、トートーメー（位牌）の写真を注文しました。

父が写した九歳の私の写真は「沖縄美少女」シリーズの琉球絵葉書に載りました。絵葉書収集家友の会主催の展覧会が開催され、那覇の高級デパートに飾られました。

私は大正十一年生まれです。十四、五歳のころだったでしょうか。琉装した私は沖縄芝居の舞台にも立ちました。王女（うみないび）の役でしたが、軍部が恋歌を禁止しました。ウチナーグチ（方言）も禁じられましたが、士気高揚の歌なら方言でも許可されました。

沖縄に戦争の影が忍び寄っていました。南洋の日本軍が全滅したという噂も流れました。父は私と母に「悦子、尚子、この戦争は勝つぞ」と自分に言い聞かせるようによく言いました。父は出征し、まもなく音信不通になりました。何年前だったでしょうか、私は男子たちと同じく竹やりの先に芋弁当を敵の首のように下げ、登校しました。学校での授業は日増しに短縮されました。連日男子と穴掘りに精を出しました。

モンペ姿の私と母は崖に生えたアダンに傷つきながら海岸に下り、激戦地の沖縄本島南部から海岸沿いを北部に逃れようとしました。海面に膨らんだ死体がプカプカ浮いていました。近くを逃げていた蒼白の貌の日本兵が死体の群れを指さし、「だめだ、こんなになるよ」と私に言いました。私と母は崖をよじ登りました。

母が「雷が鳴り、大雨が降り、鉄砲水がガマ（鍾乳洞）に流れ込み、中にいた子供、女、老人が流され、さっきの海に浮いた」と言いました。

私と母は崖から少し離れたガマに潜り込み、体を横たえました。夜が明け、日差しがまぶしくなりました。ガマは意外に小さく、私たちの他に誰もいませんでした。米軍が迫ってきました。私たちは自決を覚悟し、持ち物を整理しました。夜、ガマを抜け出し、家族の写真も日記帳も絶壁から次々と海に投げ込みました。母は「どうしても捨てられないものがある」と言いました。母は家系図を握りしめていました。

はっきりした時期は私は知りませんが・・・琉球王国の時代、間違いなく先祖は王家に仕える歌舞の歌い手や踊り手でした。私が幼いころ、家の床の間に古いちんく（金鼓）やほら貝がありました。

国王の命を受け、薩摩に赴任し、薩摩藩主から歌之助の名前をもらったといいます。琉球に帰国後は「歌の守（かみ）」とも呼ばれました。

琉球処分のころの先祖はおもろや琉歌も詠みました。役者でもありました。いくつもの見事な歌を作り、歌にはまり、仲間との喧嘩の際も互いに激高した歌を歌ったのですが、大挙入ってきた大和人に日本語を使うよう強要されました。沖縄の芝居は卑俗だと駆逐されました。三線も大和人の権力者に聞こえないように弾かなければならなくなりました。

もともとは優れた者が芝居をしたのですが、役者に指をさすと指が腐れると言われるようになりました。

私は子供のころから琉球王国の歌舞を専らにする家系の子孫だと知っていました。このような家系は明治の初期に崩壊した。もはや意味はないと私は諦念していましたが、母は家系を常に思い起こし、力に変え、必死に生きてきました。

那覇市に大正時代にできた洋館風のカフェを今でもよく思い出します。戦前よく通いました。椅子が硬く、痩せていた少女の私はお尻が痛く、しきりにもそもそ動きました。カフェの壁に母の肖像画が飾られていました。誇らしげに琉球王国の位の高い女性の髪形、茶色の服装・・・といっても胴衣（どぅじん）という王国時代に士族女性が礼装の際に着用した琉球独特の衣装ですが・・・を着ていました。

私と母は中部のどこかの村はずれを逃げ回っていました。

猛烈を極めた米軍の艦砲射撃や空襲が断続的になりました。ある日、岩陰にいた私は立とうとしましたが、立てませんでした。見たら左足のくるぶしから下がありませんでした。とたんに気を失いました。

何日か後に目が覚めたら米軍の野戦病院の鉄製のベッドに寝ていました。左足首あたりに何重にも包帯が巻かれていました。ハワイ二世の小柄な通訳が私に、残念ですが、あなたの母親は亡くなり、火葬しましたと言いました。私は何日も訳が分かりませんでした。よくめまいがしたり、ぼうとしたりしました。私の頭にはごく小さいが、弾の破片が入っていると通訳は言いました。

色の黒い大柄な米軍の軍医が自己紹介を済ませ、二世の通訳と一緒に入院室を出た途端、患者のウチナーンチュ（沖縄人）の女たちは「人間かね」「炭塗っているんじゃないかね」「人間よ。失礼よ」などとささやきあいました。

この色の黒い軍医は治療前も治療後も信じられないくらい丁寧に患者の話を聞きました。このような対応に救われた患者も少なくありませんでした。

野戦病院ですが、花壇も作られていました。色の黒い軍医は花壇の手入れもよくしました。花壇に入院患者の英字の名前と励ましの日本語の言葉を書いた花鉢を置いたりもしました。

ある日、色の黒い軍医は二世の通訳を介し、唐突に・・・もしかすると母が握っていた家系図を何らかの拍子に見たのか・・・「いかなる時にも人を喜ばせよ、高貴たれ」と私に言いました。

近くに軽傷や精神に異常をきたした人達用のテント幕舎が何張りかありました。時々野戦病院に入ってきます。この時も何人か顔を見せました。

ふたりの老人が箒と箒を合わせ、叫びながらチャンバラをしていました。近くにいる髪の乱れた老女は必死になにやら声を出し、祈っていました。

近づいてきた頬がくぼんだ老人が直立不動になり、私に右手を上げ、敬礼し、「山田軍曹殿、出撃の準備が整いました」と言いました。山田ではなく赤田とも聞こえました。赤田と言うのは私の名字です。私は思わず「慌てないで」と言いました。「はい、軍曹殿。敵は上陸しております。出撃をお願いします」と言いました。私は老人を見つめ、敬礼をしたまま身動きできませんでした。老人は外に走り去りました。二世の通訳が「山田軍曹というのはあの老人の名前です。農民の子に生まれたあの老人は虐げられて生きてきました。誇るものが何もなかった男が唯一誇れたのは三十年ほど前の第一次世界大戦の軍隊時代の軍曹でした。威張り散らした過去を今も夢に見ているのです」と言いました。

私は頭がこんがらがり、色の黒い軍医に「琉球国王が詠んだ歌を書いた掛け軸も何もかも全部米軍が持っていったんじゃないですか」と言いました。しかし、二世はなぜか通訳しませんでした。

母は生きていると私は自分に言い聞かせました。行方不明の母は古い家系図だけは持っている。私たちの血は琉球王国の有力な歌舞を専らとした士族につながっている。琉球処分後も私たちは集落の人々に崇められた。このように私は思いたいのです。

ある日の夜中、隣の病室の赤ん坊が泣き止まず、四歳くらいの女の子があやしました。大声だが、的確に赤田首里殿内の唄を歌いました。

赤田首里殿内（あかたすぃどぅんち）
黄金灯籠（くがにどうる）さぎてぃ
うりがあかがりば　ミルク（弥勒）うんけー
シーヤープー　シーヤープー
ミーミンメー　ミーミンメー
ヒージントー　ヒージントー
イーユヌミー　イーユヌミー

私は眠れませんでした。いつの間にか唄は止みました。

野戦病院のベッドに横たわっている私の耳に通訳の二世の「お母さんに会わせてあげるから待っていなさい」という声が聞こえました。私は目を輝かせ、微笑みました。しかし、すぐ別の声が聞こました。「この尚子という娘は助かりません。まもなく息を引き取ります」と二世はたぶん衛生兵上りのウチナーンチュ（沖縄人）に話しているようでした。何を言っているのかしら？　私は静かに目を閉じました。

野戦病院を退院した私は、ガマに潜んでいるときに母から渡された地図を頼りに母の悦子を探しに、慣れない義足のまま久場集落に出かけました。

久場集落には琉球王国時代、歌舞に秀でていた先祖の屋敷があったと言います。

4

このような集落が沖縄にあるとは信じられません。この集落は全く戦争の被害を受けていません。不思議です。ヤンバル（沖縄本島北部）にも数々の小さい離島にも米軍機や米戦艦から爆弾が撃ち込まれたというのに・・・。

戦前に見た無声映画の撮影用に組まれた装置ではと思いました。大道具、小道具に見えるのです。私は通行人を演じさせられているのでは？ 義足が元の「本物」の足になっています。

額に深い皺が刻まれた、七十代にも八十代にも見える老人は自分から「長老です」と名乗りました。しわがれた声ですが、口調はしっかりしています。小さく髷をゆった長老は四十軒の民家があり、二十一人が住んでいると言いますが、数軒の家に五、六人が住んでいるようにしか思えません。「戦前は十二名男の子がいると国から褒美がもらえました。今はこの王家の臣下の集落に子供は一人もいません」と白髪の鬢が少しほつれた長老が言いました。

顔がふっくらとした色白の中年の女が「尚子様でしょう？」と言いました。

「・・・私の名前を？」

「お母さまから聞きました」

女はとても思いやりのある声を出しました。「お母さまの面影がございます。お母さまからお話を伺いました」

「お母さまのお顔は慈愛に満ちていました。性格が純な人でした。私たちの屈辱も溶かしてくださいました」と目を大きく見開いた小柄な若い女が言いました。「お母さまはご自分が王家の家系だと心底わかっておいででした」

二人の女は柄の似たような芭蕉布の着物を着ています。

「王家の・・・母は私には一度も・・・母は本当にここに来ているのですか？」

会わせてくださいとは言えませんでした。ハワイ二世の通訳は「あなたの母親は亡くなり、火葬しました」と言っていました。私はこの人たちの言葉を信じたいのです。しかし、信じられません・・・この人たちは名前は知っているのですが・・・母・悦子の風貌や体格などをちゃんと言えるでしょうか？

女は二人ともなぜか体の輪郭がはっきりしません。

「ここは久場集落ですよね」と私は聞きました。

「浦和集落です。王家にお仕えした者どもがひそやかに暮らしています」

顔がふっくらした色白の女が言いました。

母も私も偶然この集落に迷い込んだのかしら？　とふと思いました。

母を捜さなければ私はこの不思議な集落にたどり着けなかったんだわ。この人たちが言うように本当に母がこの集落にいるのなら、母が私を呼んだのかしら？

「王家の子孫がこの浦和集落に来られたのは、尚子様とお母さまが最初です。また最後です」と長老が言いました。

「なぜ？」と私は聞きました。

「お二人以外の子孫は滅びてしまいました」

「・・・」

「天に守られたお二人です。どうか長命を全うなされますように」

「母は？」

「今は山上にいらっしゃいます」

「山上に？」

私の顔色を窺っていた長老が話をずらしました。

「戦前は大不況でした。王家の家来の子孫もとことん貧しくなり、ほとんどの娘が親から身を売るように言われました。親とともに浦和集落から出て行ったのです」

赤衣をつけ、花飾りのついた杖を持った長老は私を誘うように家屋敷の方に歩き出しました。

「廃藩置県後の千八百八十年代後半から戦前にかけ、約六十年間浦和集落は藍を作り、炭を焼き、薪を売り、生活してきました」と長老が言いました。「しかし、今は藍壺も埋まり、炭焼き窯も壊れ、山も枯れてしまいました」

赤土の小さい広場では裾の長い絣の着物を着た数人の老人たちがわらべ歌の「耳切り坊主」を歌いながら、戦前戦中に国が流行らせた体操をしています。ゆったりした曲のせいか、ぎこちなく体を動かしています。

大村御殿（うふむらうどぅん）ぬかどぅなかい
耳切り坊主（みみちりぼうじ）ぬ立（た）っちょんどー
いくたいいくたい　立っちょがや
三人四（みっちゃいゆっ）たい　立っちょんどー
イラナ（草刈り鎌）ん　シーグ（小刀）ーん
持（むっ）ちょんどー
泣ちゅる童　耳グスグス
ヘイヨー　ヘイヨー　泣（な）ーかんどー

老人たちの近くに座っている、長い白髪を背中に垂らした老女たちは、どこそこの誰が亡くなったという話に没入しています。

長老が私に「戦前は百人いましたが、今は老人、女のみの二十一人です」と言いました。

「持ち寄ったものを食べながら世間話、昔話をしながら日々を暮らしています」

頭がぼうとしている私に長老が「昭和十五年、裸足取り締まり令が公布されましたが、この集落の者はずっと前から草履や下駄をはいていました。王家の家来の子孫ですから」と胸を張るように言いました。

私も戦前の那覇の町の風景を覚えています。樽詰めの砂糖を積んだ馬車ひき、頭に大きなざるを乗せた女性、芋を入れたもっこを下げた天秤棒を巧みに操る男、着物姿にカンプー（結い髪）姿の女。このような人たちはほとんど裸足でした。制服制帽に黒い靴を履いた巡査がサーベルをちらつかせながら裸足を取り締まっていました。私も母も草履をはいていました。

人違いです。なぜ私と母を王家の子孫と言い切れるのですか。祭り上げるのですか、とはなぜか言えませんでした。

戦前、母と一緒に那覇に行った時、王国時代の国王や王妃や按司が出てくる芝居をよく見ましたが、本物の王家とはどういうものなのか、想像もつきません。

私の顔色を窺っていた長老は白髪の鬢をさすりながら「家譜も位牌も書画類も器物類も証明するものは一つ残らず、燃えてしまいました。しかし、尚子様のお母さまは王家の家来の子孫の集落を訪ねてこられました。今となっては唯一の証拠です」と言いました。

私は平凡な人生を送ってきました。金持ちでも貧乏でもありませんでした。物欲や結婚欲もなく、王家の家系を欲した覚えもありません。

私は懸命に王家の家系にかかわる出来事や家宝を思い浮かべようとしましたが、何も浮かびません。間違いなく王家とは無縁なのです。

この集落の人たちに王家の家系のものだと錯覚させる何かが私や母にあるのかしら？風貌も立ち居振る舞いも言葉遣いも人並みです。どこにでもいるような母娘に過ぎません。・・・母がこの人たちに「私の先祖は王家です」と嘘をついたのでしょうか？ありえません。

「母に会わせてください」と私は小声を出しました。

長老が「大和軍との戦いの戦死者名を刻んだ石製の碑が浦和集落の外れにありました。何百年も風雨に耐えてきましたが、このたびの戦禍を被りました。祀られていたあの当時の夫、父、息子たちの名前も永遠に消えました」と言いました。

集落の外れ・・・米軍との戦争がなかったのはこの何軒かの家屋のあるところだけなんだわ。不思議な気がしました。長老が言いました。

「一枚岩の墓の中の石段の奥には千六百年代の甕があります。明治四十一年に補修したという古文書もあります」

「お墓はどこに？」

「山上にございます」

私たちは赤瓦をふいた木造の古い家の前に立ち止まりました。

「尚子様、若い男が一人もいなくなり、この旧家も立て付けの悪い戸になっています」と長老が言いました。

「悦子様のお子さんのあなた様には鶏の料理をふるまい、歓迎したいのですが、あいにく何もありません」と家の中にいた白髪をきれいに整えた大柄な老女が言いました。

芭蕉布の薄茶色の着物を着た痩せた中年の女が器用に頭のてっぺんに髪の毛を丸め、銀のかんざし（ジーファー）を挿し、何かもの言いたげに私を見ました。

「王家の子孫が見えたのです。本来なら豚一頭を料理し、大きなお膳に出さなければならないのですが、今はこの家にはふたりの女しかいません。豚も牛もいません。お入りください」と白髪をきれいに整えた老女が言いました。

長老は入り口に花飾りのついた杖をたてかけました。特に杖は必要としていないようです。

火屋に赤い塗料を塗ったかのように赤い明りだけが家の中に灯っています。ふたりの女が着ている芭蕉布の着物が赤っぽく映りました。私は目を凝らしました。仏壇のトートーメー（位牌）は十いくつもあります。赤黒い短冊から何十人もの銀色の名前が浮かび上がっています。首里織物や漆器や高価な陶器などは何もありません。

母のトートーメーはありませんでした。母は生きているに違いないのです。ろうそく、小さい瓶、花鳥の掛け軸、三文字の墨書の掛け軸、漆塗りの三線の箱・・・ふつうは玄関先に置く皿に盛られた塩が目につきました。

「この香炉は中国清代のものと聞いております。お座りください」と丸めた髪に銀のかんざしを挿した女が言いました。「運よくウガン（御願）廻りをした時の餅があります。少し硬くなっていますが、お召上りください」

尚子の正面に座った長老と白髪をきれいに整えた老女と丸めた髪に銀のかんざしを挿し

た女は泡盛を回し飲み、自分の思いを述べました。尚子と会えた幸福と幸運を詩に託したような口上でした。

白髪をきれいに整えた老女が「うちはカンプーを毎日結っています。前はこんなに大きかったのに、いまはもう髪の毛も細くなり、小さくなっています」と言いました。

長老が「おばあさんたち、歓迎の踊りを舞いなさい」と声をかけました。すると、家の裏座から腰の曲がった一人の老女が出てきました。

浦和集落に駐屯していた兵士たちに十二歳の時、歌と踊りを見せたとこの痩せた、小づくりの腰の曲がった老女が私に言いました。歳は今九十あまりだと言います。八十年前、何の戦争があったのかしら？　と私は考えましたが、なにも思い浮かびません。

腰の曲がった老女と白髪をきれいに整えた老女と丸めた髪に銀のかんざしを挿した女が巧みに手をこね回し、首を横にも縦にも振りながら踊りました。少し休んでから三人の女は鎌や鍬、旗を振り回し踊りました。歳を全く感じさせない若々しい所作です。歌舞が見事だったという私の先祖の影響もあるのかしら、とふと思いました。

女たちの踊りが一段落した時、長老が私に言いました。

「あのガジュマルの下が作戦場でした。合戦前の会議が行われました」

長老が庭の向こう側を指さしました。葉が一枚もない大きな枯れ木が立っています。いつの時代の戦争なのでしょうか。

腰の曲がった老女は外に姿を消しました。白髪をきれいに整えた老女と丸めた髪に銀のかんざしを挿した女は私を挟み、座りました。

「山上の広場には城の本丸の館がありました。合戦前はノロたちが戦勝祈願を行いました」

「作戦場の下には兵士の死体も埋められました。この屋敷からも当時の戦死者の遺骨が発掘されています。王家を守るために戦死した武将たちの遺骨です。沖縄戦の遺骨ではありません。屋敷内のフシン（祠）に祀っています」

「山上の崖の三メートルほどの高さに横穴を掘った墓が王家の墓です。中の墓室に王家の縁者の遺骨を納めた厨子甕がございます」

私はまた頭がぼうとし、誰の台詞なのか、男の声なのか、女の声なのか、よくわからなくなりました。

「山上も浦和集落も全部尚子様と悦子様の領地です」

私は目が覚めた思いがしました。

「・・・私の先祖が王家だとは家族も親戚も隣人も誰一人ただの一度も言っていません。人生を・・・と言ってもまだわずかしか生きていませんが・・・振り返っても私は気が弱いために恋もずっと片思いでしたし、友人もなく、仕事らしい仕事にも就かず、親に反抗もせずに生きてきました」

幼少のころ、もしかしたら「あなたは王家の子孫なのよ」と母に聞かされたのではないかしら？　とふと思いました。物心つかなかったから完全に忘れてしまったのでしょうか。母は琉球王国時代の民俗や伝統行事、芸能、服装などに深い関心を抱いていました。私にも話し聞かせました。いろいろな知識がいささか私の頭にも残っています。

しかし、一体この人たちはふたりの女を高貴な王家の子孫に祭り上げ、何をさせようとしているのでしょうか。

琉球王国時代は戦乱もあったようです。復讐とか謀計とか呪詛とかも・・・私はひどく内気なのに、何の力もないのに・・・このような私が王家云々したら天地がひっくり返ります。

けれども、この人たちの表情や所作には、私を奉らなければ死んでも死にきれないとでもいうような執念が漂っています。

しかし、「私も母もただの女です」と言いました。必死に王家の子孫に祭り上げられても何もできないのです。

「王家復興は琉球人の見果てぬ夢なのです」

断定するように言った長老は、じっと私を見つめていましたが、話題を変えました。

「尚子様、恋もずっと片思いだとかおっしゃられますが、ここには琉球王国の習わしが残っています。恋愛をしてはなりません。親同士が決めます」

「・・・」

「由緒ある浦和集落です。私どもも違反すると永久に追放されます」

もしかすると集落の人口が少ないのは長老が追放したからではないかしら？　と私は唐突に思いました。

「この行事の着物、あの行事の着物と、大きい行事があるたびに女たちは着物を縫います」と白髪をきれいに整えた老女が言いました。

「戦争前に少し離れた洞穴に王府時代のよろいをかくしました」と長老が言いました。

「でも、爆撃にあいました」と丸めた髪に銀のかんざしを挿した女が言いました。「洞穴も崖も形が分からなくなりました」

「長老は古の歴史を丸暗記しています」と白髪をきれいに整えた老女が言いました。

「悲恋物語の長い台詞もちゃんと覚えています」と丸めた髪に銀のかんざしを挿した女が言いました。

長老が「素晴らしい歴史は肝（ちむ。心）に染み入る。人生の師です」と言いました。

「では尚子様の先祖のお話をしましょう」

何百年もの昔、琉球国王の耳に、浦和集落の城間家のチルーという十六歳の美女の噂が入りました。チルーの歌声は神々しく天から響くようでした。国王は茶道具、酒瓶、重箱などを携え、浦和集落に馬を乗り入れ、チルーとの逢瀬を堪能しました。何十日か後、チルーは水浴びをしてから何人かの臣下が担ぐ豪華な駕籠に乗り、国王に輿入れしました。

「・・・チルーが私の先祖ですか？」

長老が私を見つめました。

「尚子様の先祖はチルー様です。このたび琉球王国を琉球藩にした日本は米軍との戦に敗れました。琉球王国が六十年ぶりに再興されます」

このような話は絵空事にしか思えない私は「米軍が持って行った家系図も戻ってきたらいいけど」とつぶやきました。米軍が持って行ったという確証は何もありませんが・・・。

「血を流して、戦で勝ち取ったものですから、絶対に戻ってきません」と白髪をきれいに整えた老女が言いました。「米軍が持って行ったものは戻ってきても祟りがあります」と丸めた髪に銀のかんざしを挿した女が言いました。

「ついこの間は首里の御城が米軍に破壊されてしまいました。胸がかきむしられます」と白髪をきれいに整えた老女が言いました。

長老が「このたびの戦争は長らく眠っていた王家を目覚めさせました」と言いました。

「戦前、首里城陥落とか最後の琉球国王などの芝居を観ました。ひどい芝居だと憤慨しました。今、尚子様が復興しなければ、琉球王国は永遠に滅びます」

「私は何もできません。無力です」

「無力だと言われるのですか？　嘆かわしい事態になります。断腸の思いです。本当に無力だと言われると静かに受け入れなければなりません。安眠するしかございません」

「・・・」

「昔からの仏壇があります。尚子様のトートーメーを作り、ご安置しましょう。尚子様のトートーメーですから遠くからでも多くの高貴な家系の人が拝みに来ます」と白髪をきれいに整えた老女が言いました。

「私は・・・トートーメーになるのですか？　私は母を捜しているのです」

「尚子様やお母さまを崇め奉ると、私どもの心が鎮まるのです。日々が安泰になるのです」と丸めた髪に銀のかんざしを挿した女が言いました。

「尚子様は浦和集落においでになりました。お顔を拝めました。私どもはいつ死んでも悔いはございません」と長老が言いました。

「ここには今はもう老人と女しかいません。王家の方の魂を慰霊する他に何もできません。本当に情けない思いをしています」と白髪をきれいに整えた老女が言いました。

この人たちは「王家の血筋を引いている」私や母を捜し出そうと小さい沖縄を歩き回った気配は全くありません。

もしかするとこの人たちは浦和集落に迷い込んだ人を誰かれなく王家の末裔にしてしまうのではないかしら？

この人たちは本当は王家と縁もゆかりもないのでは・・・王家の子孫になりたがっているのではないかしら、とふと思いました。

5

白髪をきれいに整えた老女が「長老は、悦子様を見た時、チルー様が生き返ったと本当に驚いていました」と言いました。「陽だまりに座り、縫物をしていた私が最初に悦子様に気付いたのです」

「遠い昔のチルー様も神子（カミングァア）の悦子様、尚子様のような国王が一目ぼれする美女だったのです」と長老が言いました。

私は美女かしらとぼんやり思いました。

「悦子様は古からの王家の家系を覚えていました」と長老が言いました。

母が王家の家系を知っているはずはないのですが・・・母は王家の子孫だと思わなければ生きていけなかったのかしらと私はふと思いました。

「私や母の悦子は確かに首里の出身ですが、先祖は下級士族の歌舞役人だったと聞いています。王家ではありません」

「王家です」と長老が断定しました。

「私どもは尚子様の高貴なご先祖にご奉仕できませんでした」と白髪をきれいに整えた老女が言いました。

「・・・」

「王家も臣下も民も力を尽くしましたが、及ばず大和の軍にも明治政府の軍にも負けてしまいました。無念です。王が屈辱の淵に沈んでしまわれたと考えると私どもは胸が張り裂けそうです」と丸めた髪に銀のかんざしを挿した女が言いました。

「・・・」

「大和の軍人も明治政府の軍人もとうに亡くなりました。憎悪も復讐心も起きません。ただ王家の人々が安眠できるよう祈願いたすだけです」と白髪をきれいに整えた老女が言いました。「いまさら復讐も何もできませんが、琉球王国に真心を尽くせば安らぎが得られるのです」

丸めた髪に銀のかんざしを挿した女が「私どもは安らぎと思いやりと忍耐に満ちた琉球王国に生まれました。最上の誇りです」と言いました。

「尚子様、どうか琉球王国の力と誇りを永久に自覚なされてください」と長老が言いました。

この人たちは私に琉球王国を復興させようというとてつもない夢を抱いているのかしら、と思いました。こんなに詳しく王家の話ができるのだから、きっと高貴な家系の人たちなんだわ。

王家の子孫だと繰り返し何度も言われると、もしかすると本当なのではと思ったりもします。心が何というのかしら、どこまでも広がるような感覚になります。何とも言えない深い安らぎを覚えます。

「尚子様と悦子様が王家のご子孫だという証拠になる琉球王国の大事な和紙の文書を壕に隠しておきましたが、火炎放射を浴び、全部焼かれました」と長老が言いました。

「悦子様は国王が書かれた四文字の書も持っていました」と白髪をきれいに整えた老女が言いました。

「母・・・悦子は今は・・・どこに？　山上に？」

「悦子様の遺言を尊重し、一緒に墓に入れました」と長老が顔をしかめ、言いました。額の皺が一段と深くなりました。

「・・・母は亡くなった・・・」

「悦子様は亡くなってからご結婚させました」と白髪をきれいに整えた老女が言いました。

悦子を駕籠に乗せ、先頭の長老が提灯を持ち、次々に花嫁道具を持った女たちが続いたといいます。

写真屋の夫は生きているかもしれないのにと思いながら「母の悦子は誰と結婚したの？」と私は聞きました。

「王家の子孫は同じく王家の子孫としか結婚はできません」と丸めた髪に銀のかんざしを挿した女が言いました。

「私が悦子様の酌をとりました。私は長い間琉球王国を救えなかったと胸が切り裂かれるような思いをしましたが、ようやく償いが出来ました。もういつ死んでも悔いはありません」と長老が言いました。

この浦和集落にはせいぜい十数人しかいないように私には思えるのですが、白髪をきれいに整えた老女は「集落の多くの女たちは急遽悦子と言う名前に改めました。役場に届け出はしていませんが」と言いました。

6

私はどうしても母が死んだ気がしません。

「私の母は？」

私は白髪をきれいに整えた老女と丸めた髪に銀のかんざしを挿した女を交互に見ました。

「安眠なさっておられます」

白髪をきれいに整えた老女が言いました。

「米軍の攻撃を受け、戦死したのでは・・・苦しんだのでは・・・」

「王家の血を引いているお方は安眠なさいます。お母さまはお亡くなりになりましたが、一目お目にかかれた私どもは本当に幸せ者です」

「すぐ亡くなったんですか」

私は何を言っているのか、自分でもわかりません。

「二日間ご存命でした」と長老が言いました。「尚子様とお母さまが安らかにお眠りになられた。私どもの何物にも代えがたい願望でした」

長老は何を言っているのかしらと私は思いました。

「私が安らかにお眠りになられた？・・・母は山上にいると聞きましたが・・・」

「私どもも永遠に安眠できます」

「・・・」

「浦和集落にはゆれーばか（寄り合い墓）一つしかありません。私ども臣下はみんな一緒に葬られています」

葬られている？　過去形になっている。日本語がおかしいと私は思いました。

「母の悦子も？」

白髪をきれいに整えた老女が「王家の子孫の悦子様は山上のお墓に眠っておられます」と言いました。

「お墓に・・・」

「二日間火を絶やさずに火葬した悦子様の遺骨は隣村の寺に預けてありました。戦禍を逃れた寺でしたが、住職の妻が燃やしてしまったんです」と長老が言いました。隣村とも交流があるのかしら？　と思いながら私は「お寺を燃やしたの？」と聞きました。

「住職の愛人に妻が嫉妬したんです」と白髪をきれいに整えた老女が言いました。

「骨壺は無事に取り戻しましたが、預けた時より骨壺が大きくなっているようでした」と丸めた髪に銀のかんざしを挿した女が言いました。

「別の人のものですか」と私は聞きました。

「悦子様は亡くなられた後も力があるのです」と白髪をきれいに整えた老女が言いました。

「立派に供養いたしました」と長老が言いました。

「臣下の私どもは火葬されません」と丸めた髪に銀のかんざしを挿した女が言いました。

「死体のままゆれーばかに入れると目も痛くなるくらいの臭気が長い間墓の外にも漂います」

「山上の王家の墓の近くに二百キロ爆弾が落ちましたが、不発弾でした。王家の墓は守られているのです」と白髪をきれいに整えた老女が言いました。

長老が「山上には女の墓番人がいます」と言いました。「悦子様が入られた墓はいつどのような人が訪れるかわかりませんから、いつも墓の掃除を欠かしません」

「・・・ごくろうさまです」と私は誰にともなく言いました。

「山上の墓にはチルー様も眠っています。墓の入り口のふたは高価な一枚岩です。明治四年に造られました。戦前、大和の学者も調査に来ました」と長老が言いました。

涙を流しながら丸めた髪に銀のかんざしを挿した女が「墓の前庭には骨のような白い珊瑚のかけらが敷き詰められています」と言いました。

「墓の前の香炉は金に違いないと調査の学者が表面をゴシゴシ磨きました。もともとは黒い色だったようですが、今は黄色い色です」と白髪をきれいに整えた老女が言いました。

「母の悦子は本当に亡くなったんですか？　いつ、どのように？」と私はききました。

白髪をきれいに整えた老女が丸めた髪に銀のかんざしを挿した女を指さし「ある日、道にいたこの人が急に泣き出したんです。どうしたのと尋ねると、今、足のない女の人が微笑み、ここの門から出て行ったというんです。私は胸騒ぎがし、家に入りました。悦子様は息絶えていました」

長老が「悦子様は何の兆候もなく、この世からいなくなりました。ほんとうに夢幻のようです」と言いました。

「ちがいます」と丸めた髪に銀のかんざしを挿した女が言いました。「悦子様はきれいな声を響かせ、おもろを歌いながら大往生しました」

白髪をきれいに整えた老女が「悦子様は亡くなる時、浦和集落に古くからある王家の琉球装束を身にまといました」と言いました。

「世が世なら悦子様の葬儀にははるばる首里から最高位のノロが手伝いに来るはずです」と丸めた髪に銀のかんざしを挿した女が泣きながら言いました。

「王族の亡くなられたお姿はどなたにもお見せできません。私どもわずかなものがすぐ火葬し、骨壺にお入れしました」と長老が言いました。

「隣村に独身の陶工がいます。一番立派な骨壺は自分の骨を入れるものだと拒絶しましたが、王族を納骨すると話したらすぐ恭しく差し出しました」と白髪をきれいに整えた老女が言いました。

丸めた髪に銀のかんざしを挿した女が「悦子様は神になりました」と言いました。長老が私を見つめました。

「軍神ではありません」

「・・・」

「琉球の王家のお方が神になるべきです。平安神宮の神、熊野の神、厳島の神、万の神々より上です」

「・・・」

「代々継がれていきます。尚子様、次はあなた様の番です」

「私は神になるのですか？」

「人は生きたまま神になれるのではありません。死んでから神になるのです。高貴な王族だから神になれるのです」

本当に山上の墓に戦後の沖縄の人たちが拝みに来るかしら、と私は思いました。

母が亡くなったという長老の話は本当かしら？　いずれにせよ山上の墓に着いたらわか

るわ。私は変に落ち着いていました。

　長老が「今は山上のお墓に悦子様は眠っていますが、いつかの日に必ず首里の玉御殿（たまうどぅん）にお納めいたします。今は仮葬儀です」と言いました。

7

　いつの間にか長老も白髪をきれいに整えた老女も丸めた髪に銀のかんざしを挿した女も白塗りの化粧をしています。さほど厚化粧ではありません。くすんだ白です。どこか芝居役者の化粧のようです。

　芝居役者？　私は身震いしました。

　戦前観た無声映画では剣豪、正義の強盗、店の若旦那を一人の俳優が演じていました。

　長老と二人の女・・・三人の表情や立ち居振る舞いやものの言い方がずっと似ていたのです。錯覚でしょうが、一人が芝居の三役をこなしていたようなのです。三人とも似たような青白い顔色をしていました。

　しかし、私はこの驚きを顔にも声にも出さないようにしました。

長老が「私たちはトートーメーから離れられません。永久にお側に仕えたまま眠ります。山上には牛がご案内します」と言いました。「・・・お別れです。浦和の集落も山上のお墓もほどなく滅びます。出で立ちのご準備をなさってください」

「滅ぶって・・・もう戦争は終わったのに・・・」

「私どもはもうお別れしなければなりません。山上のお墓には尚子様にお仕えする女官がおります」と白髪をきれいに整えた老女が言いました。

この人たちはよく口を開いていましたが、どことなく静寂が漂っていました。家の中の仏壇が薄暗いせいでしょうか。

私の心を読んだかのように白髪をきれいに整えた老女が「私たちは今はこのようにいろいろ言っていますが、日頃は一日中黙ったままなのです」と言いました。

「悦子様・・・」

長老が私に声をかけました。

「・・私は尚子です」

「私は口下手ですからうまく言えません」と長老が言いました。「尚子様にお別れの歌と踊りを披露いたします」

地謡は器楽合奏ではなく、長老と白髪をきれいに整えた老女が三線を弾きました。丸めた髪に銀のかんざしを挿した女が歌いだしました。威厳のある唱えです。しかし、声色が初々しく響きます。節回しも絶妙です。住職の読経のようでも、神社の神主が唱えるようでもありました。

私はひとりでに山上に行くという牛に跨りました。

三人はクバの葉のうちわを振り振り、私をずっと見送りました。

煙が出てきました。旧盆の送り火のように女たちが火をたいたのでしょうか。

靄でした。家の屋根がかすみ、しだいに石垣がぼんやりし、木々も消えました。だしぬけに長老や女たちが何百年も前の人のような気がしました。

ああ、この浦和集落の人たちは一人も生きていないんだわ。何百年もひたすらに浦和集落に迷い込んでくる人を待っていたんだわ。私はようやく気づきました。浦和集落の人たちがとてもかわいそうになりました。

靄の中から長老の声が聞こえました。琉球を守るために勇敢な人々が立派な最期を遂げました。生き残った私どもは・・・。語尾が弱々しくなり、よく聞き取れませんでした。女の声も聞こえてきました。琉球王国の生き証人は一人もいなくなりま・・・。私は少し声を張り上げました。

「私と母の他に王家につながる人は？」

誰一人とございません。もはや尚子様しかこの世に存在し・・・。女たちの声も消え入りました。

首里城が炎上した、石垣も木っ端みじんになったという噂は終戦まもなく私の耳に入りました。私が亡くなったらこの世から永久に首里城も消え、琉球国王の血筋も・・・私は空恐ろしくなりました。

幼少のころ、壮大な琉球王国の話は母から聞いていました。今ようやく山上の琉球王国の「墓」に私は向かっています。山の上の墓といいますが、山グスク（城）ではないかしら？　首里の王家の別邸かしら？　私は取り留めもなく考えました。

山上は薄い紫色にけぶっています。小さい沖縄にこのように深い山があるとは信じられません。妙にけぶっているから深い山に思えるのでしょうか。

小雨なのか、靄なのかよくわかりません。けぶっているせい？　いいえ、私の目の錯覚でしょう。山のあちらこちらに高楼がそびえています。もしかすると幾重になった雲かもしれません。首里の都から遠く離れているところに高楼があるはずはありません。

狭い坂道のわきに立派な琉球松が生えています。松林です。松林の十メートルほど下に小さい川が流れています。靄っている水面に月か日がかすかに光を落としています。目を上げました。松の枝の間に白い月が浮いています。

私は牛から降り、しばらく坂の途中の松の影に座っていました。

ふいに白馬を連れた十歳前後の少女が現れました。見覚えがあると思ったら私の昔の姿でした。白い裾の短い着物をつけ、長い髪を後ろに束ねた「私」は私を支えながら夜光貝の玉をちりばめた鞍に乗せました。

坂道は次第に狭くなり、とうとう行く手は藪になりました。行きどまりになっています。しばらく手綱を引いていた「私」はいつの間にか消えています。白馬は迷わず薄暗い木立に入っていきました。

私の前を歩く葬送の幻想が見えました。いつの時代でしょうか。偉そうな巡査が先頭です。馬車に載せられている頑丈な箱は棺桶でしょうか。蓮の花や松や鶴や雲などの装飾が施されています。馬車の後ろに喪服姿の親戚縁者、ノロ、僧侶、士族などが続いています。

道のわきには私以外誰もいません。

まもなくそそり立つ岩の間を通り抜けました。母から聞いたクラシンウジョウ（暗闇門）のようでした。

クラシンウジョウの向こうはあの世だと母は言っていましたが、古墓が妙に連なっている気がします。ここからは生きている人は少なく、死んだ人が多いというのでしょうか。私も死ぬのかしら、とふと思いました。もし私が王家の最後の一人なら山上の墓に詣でるのではなく葬られるような気がするのです。

岩から湧き出た美しい水は床のような石の上を流れています。夕日はぼんやりしていますが、青苔が浮かび出ています。青苔が泉の近くの石碑の表面を覆っています。何か文字が彫られていますが、漢字が難しく、また欠損も多く、私には読めません。

「城は百五十メートルの丘の頂上にあります」と葬列の喪服姿の老女がふいに私に言いました。「城にはカー（井戸）があります。チヂンカー（頂の井泉）と呼ばれています」

「汲んだ水を国王の長寿、国の安泰、五穀豊穣を祈願し、旧正月の朝に王府に献上していました」と別の小柄な老女が言いました。

戦争中ガマにいた時にはとても遠くに見えた月が、今はすぐ近くにあるようです。

いつの間にか葬列は消えていました。

屋敷が浮かび上がり、私は白馬から降りました。月光が木の影を広々とした庭に落としています。庭には花の香りが漂っています。

いつのころの建物かしら？　ついこの間の戦前のもののようにも数百年前のもののようにも見えます。

あんなにも栄えた琉球王国の人々は一体どこに行ってしまったのかしら？　庭の木々は毎年芽吹くでしょうが、山の鳥のように遠くに飛び去ったのでしょうか。

イジュの木のわきに文字が大石に刻まれた碑があります。遥拝の碑・・・とは読めますが、残りは前後とも消えています。

多くの集落のようなゴロ石ではなく、すべてが見事な切り石積みになっています。何段もの石段もあり、井戸も一メートルほどの高さの石が囲っています。石囲いの馬小屋も見えます。

頭がくらっとし、石垣に映った王国の人影が揺らぎました。錯覚と思ったのですが、本当の人でした。ぼうとしています。男なのか女なのかわかりません。

二、三の人のような影が口々に言いました。

「昔はこのグスクには首里城を守るための大きなのろし台もありました」「火打グスクとも呼ばれています」「天然の岩に穴をくりぬいた本丸の城門は真東を向いています」

人影がくっきりしてきました。

戸を開け、私の前に現れたのは、ほっそりとした若い女の人です。家の中のふっくらとした若い女の人が私を手招いています。

二人とも丸く結った髪に丸い珊瑚をあしらった銀のかんざしを挿しています。両耳に垂れ下がった髪飾りの花は梅をかたどっています。夕日に映えた薄絹の下の紅型の着物に鳳凰があしらわれています。

女の人たちは肌がきめ細かく、見るからにすべすべしています。ほっそりとした女の人も柔らかい肉付きが感じられます。

女の人たちの細やかなしぐさから気品が漂っています。装いをこらした女の人たちの何とも言えない匂いが庭に満ちているようです。ただの女官にも、墓番人にも見えません。

「尚子様のご先祖は何度か政略のために敵対する按司に嫁いだり、妾になったりしました」とほっそりとした女の人が言いました。

「多くの国王には王妃、側室がいました」とふっくらとした女の人が言いました。

女の人たちの話では、遠い昔、城間（ぐすくま）橋を渡っていた私の先祖は待ち伏せ攻撃にあい、連れのものともども殺されたと言います。城間橋は何十年か後の国王が立て替えましたが、また敵対勢力が破壊したそうです。

城間橋というのはどこにあったのかしら？　首里に？　浦和集落に？　しかし、私は聞きませんでした。光明の見える話が欲しいのです。聞かないのに女の人たちは話し続けました。

この女の人たちも時代は覚えていないようですが、十五夜の月の下、酒を飲みながら歌を歌い、静かに舞っていた私の先祖を敵の按司が襲いました。私の先祖は少人数の臣下と共に応戦しましたが、討ち死にしてしまったそうです。

このように何度も殺害されたため、私の先祖は養子継ぎを繰り返したそうです。

私はふらふらと庭に近づきました。二人の女の人が私の足を丁寧に洗いました。円筒形の黄色っぽい帽子をかぶった体つきが剛健な壮年の男の人が出てきました。

「世が世なら王族であられるお方がこんなモンペ姿とパナマ帽子とは・・・信じられません」と男の人が言いました。「男子が生まれず直系が途絶えたとはいえ、尚子様は王家の立派な子孫です」

王家の子孫と言われても私はもう驚きませんでした。むしろ誇りを感じ、心持ち胸を張りました。床の間に案内されました。

「王家の形見と言われる先祖伝来の漆塗りの太刀箱です。刀は残っていません」と男の人が言いました。「わしも祖父から聞いたのですが、全長九十二センチ、刀身七十一センチ、柄十センチと短く、片手握りの刀だったと言います」

刀はいつ消えてしまったのかしらと私は思いました。

「拝所には琉球王国の輸出品の夜光貝や宝貝が奉納されています」とふっくらとした女の人が言いました。

たしか庭に咲いている花は一輪もなかったのですが、家の中には花の香りが満ちています。床の間の青磁の花瓶に生けられた百日紅の花は枯れています。

このような山上に寺があるとは思えませんが、かすかに鐘の音が聞こえてきました。

「私は生きている間、古の首里城を思い続けてきました」

家の中から私を手招いた二十代初めの・・・私も今気づいたのですが・・・どことなく私の母と似た女の人が言いました。土色だったか紫色だったか忘れましたが、胴衣を着ていた肖像画の母と似ています。声も似ています。私は黙っていました。

「何百年も前に琉球の王族が口にしたという冬瓜漬と橘餅（きっぱん）が出されました。勧められるまま私は一口口にしました。驚くくらい甘い琉球菓子です」

「・・・」

「まさか再びここに来られるとは夢にも思いませんでした」

どこかに楽士がいるのか、哀愁を帯びた胡弓と三線の音がかすかに聞こえてきました。

「チルー様、国王のそばに座し、あなた様の踊りを見ました。本当に心を奪われました。あの時は首里城内でしたが、まさに今、この山上にお越しいただけるとは夢のようでございます」と母に似た女の人が言いました。私をチルーと勘違いしているようです。

母に似た女の人は突然、私を今度は国王と錯覚したのか、「なぜ、あなた様は若く美しい私をご寵愛くださらなかったのでしょうか」と言いました。私は何も言えません。

「はるか数百年も昔の国王様の御心がようやく今、私と重なり合っています」

母に似た女の人は私の手を握りました。亡くなった人の手のようなとても冷たい手でした。

「国王様も私も今は夢。私は虚しく老残の姿のみ残っています」

二十代にしか見えないのに老残とは・・・と私は不思議に思いました。

「いいえ、悦子様、琉球王国の栄光と悦子様がご寵愛を賜れた昔は消えていません」とほっそりとした若い女の人が言いました。

悦子・・・私の母・・・私の頭は混乱しています。

「昔は夢を抱いていました。しかし、本当に夢だったのでしょうか。いつの間にか白髪の歳になってしまいました」

「王国は苦労を重ねました」とほっそりとした若い女の人が言いました。

「真っ白になった髪が嘆かわしいのです」

母に似た女の人が私を見つめました。

「長い間離れ離れになっていましたが、このようにお会いできました。憂いも今ようやく消えました」

母に似た女の人ではありません。忽然と白髪の歳になりましたが、間違いなく私の母です。

母は淡い青の地色に松竹梅模様の紅型衣装を着けています。私は母の動きを見つめました。抑制されたしなやかな所作です。

母はいつの間にか竹が風にそよぐように踊りを舞っています。よどみのない踊りです。たおやかな女踊りです。力強くも儚さを漂わせた古典女踊りです。

ああ、私の目は澄み、体中に生気がみなぎりました。

母は踊り終わり、正座し、庭に向きました。外から凱旋の歌が聞こえてきました。男の人たちの太い声です。男の人たちの姿は見えません。若い女の人たちが庭に広がり、静かに踊りだしました。

「武将たちに付き従っていた女たちです。昨日、日没に戦いを終えた武将たちは酒をくみかわしました。夜中に首里城に帰られました」と母が言いました。

古い石門の影は落ちていますが、若い女の人たちのよろめきながら舞う影はなぜか見えません。

踊りをやめ、家の中に入ってきた一人の若い女の人は「出陣の前、華やかな宴を催しましたが、勇敢な武将たちの軍は全滅してしまいました」と言いました。母の話と食い違っています。

「琉球国王の臣下は豊かな土となってしまいました」とこの若い女の人が言いました。

「しかし、土を掘ったら勇敢にたたかった武将たちの弓や兜が出てくるでしょう」

母が「私は寄る年波とともに怠惰になり、土を掘り起こす気力もなく、申し訳なく思うのです。英雄たちを葬らえないのです」と言いました。

母は私を見ました。琉球王国を私に託すという光のにじんだまなざしでした。
「琉球王国は永遠に滅びないわ、お母さん」と私は言いました。
私は急に寒気がしました。
私は微笑みながら九泉の下に落ちていきました。

引用

わらべ歌

「赤田首里殿内」

「大村御殿」（別名・耳切り坊主）

経塚橋奇談

二千人の救助者

経塚橋奇談

今年は猛暑のために死人もでたからというわけでもありませんが、幽霊の話なんです。もっとも、自分自身では幽霊だとは信じられないのですが——。なぜ、現世の人に私が見えるのか、わかりません。

昭和二十一年の夏、十九歳の時、私は北部の金武収容所から浦添村の仲間のテント幕舎に移されました。周りの丘が異様に赤茶けて見えたのは石という石、土という土が焼けていたせいでしょうか。

テントは厚く、昼間の熱が夜中にも洩れもしませんでした。石ころだらけの小さいただ一つの広場も、白い陽が激しくはじけていました。テント幕舎の二百人余りの住人たちが苛立っているのがわかりました。暑さのせいではありません。私のせいです。

テントでは自給自足の生活でした。みんな、戦争で焼け残った野草を探し、芋を掘って食べていました。時々、監視かなにかの米兵がもってくる物は一から十まで「宝物」でした。コンビーフ缶詰や洋菓子が舌に触れるとほんとに目が醒める思いがしたものです。米兵たちは、最初のころはテントの住人に平等に分け与えていたのですが、いつのまにか、急に全部を私だけに与えるようになったのです。

私は城間御神と呼ばれるほど顔も姿も美しく、噂は金武収容所に収容されていたころから、中、南部地区まで流れていました。弁当をもって見にくる農家の娘さんたちもいました。

米兵が私に目をつけるのを私はずっと意識してきました。顔に煤を塗ったり、髪を乱したり、老女の着物を着たりしましたが、米兵はすぐ見抜き、お菓子や香水などを無理矢理におしつけていくのでした。テント幕舎には若い女の人もたくさんいました。

しかし、軍曹も上等兵も米軍医師もみんな、私だけに何もかもくれるのでした。私を妬む者がいても不思議ではありません。補助ガソリンタンクを改造した水溜めに経塚川から汲んできた水をいれるのが私の日課でした。

私は今までにもまして水汲みに精をだしました。ところが、途中、待ち伏せていた米兵が必ず私の水桶をかつぐのでした。私は気が気でなく、テント幕舎の近くに来ると懸命に米兵に哀願し、水桶をおいて帰ってもらうのでした。

固形石鹸もよくもらいましたので、テントの住人たちに分けてあげました。私のテントの隣りに独り暮しの勢理客出身のお婆さんがいました。

私はお婆さんの着物や下着を毎日、経塚橋の下の共同洗い場で洗濯をしてあげました。しかし、お婆さんはテントをささえている紐に洗濯物を干す私の腕をさすりながら、あんたは優しいね、とは言わずに「わしは九十になるが、あんたのようなチュラカーギーは初めてみた」というのでした。

私はなにか空恐ろしい気がしました。近くの池の水に浮んだ板箱や樽にのっかり、魚を釣っていた子供たちも私からお菓子を欲しがる目とは違う潤んだような目で私を見つめ、私が見返すと、恥しげに俯《うつむ》いたり、溜息をついたりするのでした。

私は物をみんなの前でみんなに分け与えるというのは苦手でした。知らんふりをして一人一人に与えました。野良仕事から帰る途中の近くの集落の老人にもアメリカ煙草を与えました。その老人はお礼も言わずに脂ぎった目で私を見つめ、モッコを畦道におろし、草刈り鎌を握りしめるのでした。私は慌てて会釈をして、テント幕舎に帰りました。

夜陰に乗じて集落の柵の内の畑から芋や野菜をとってくるテントの住人が多かった。だから、あの老人は私にあのような目を向けたのだわ。私は何度も自分に言いきかせましたが、その夜は寒気のような怯えがふいにおき、一睡もできませんでした。

私はその後もできるだけ人前では米兵から物を貰わないように気をくばりましたが、米兵ははしゃぎ、何十人、人がいようが、私に近づいてくるのでした。私は目元は曇るのですが、色艶が鮮かな橙色のカリフォルニアオレンジや香ばしい香辛料を含んだチキンなどを抱きかかえると妙に気分がうきうきするのでした。

バース軍曹もチェンドレンさんも別の二等兵のみなさんも私に色々な物をあげて喜ぶだけでした。強引に誘惑しようとはしませんでした。しかし、それから何日、何週間たったでしょうか。

ある日の夕方、夕方といっても熱も白光もほとんど弱まってはいない七時ごろでしたが、干し物をとりこんでいた私をバース軍曹がテントの陰に呼び、ふいに片言の日本語で「あなたのためなら、地獄におちてもいい」と言ったのでした。何かがちぐはぐでした。

私は恐れと胸のたかなりを同時に感じました。私の足はほんの微かに震えただけでしたが、気を失わないか気が気でありませんでした。バケツを持った、中学が同級生の苗子さんが通りかかり、訝《いぶか》しげに私たちを見ました。私は彼女に目で哀願しました。彼女の目は侮蔑と羨望の色が溶けていました。顎をななめにあげて、大股で通り過ぎました。

二週間前、私は多彩な色のネッカチーフを十枚ばかりもっていましたので、一枚、苗子さんにあげようとさしだしたのですが、彼女は、「いい思いしてるね」と一言いい、唇を曲げたまま声もたてずに笑いながら、テントの中に入ってしまいました。

その二日後、苗子さんが米兵のリックに懸命にネッカチーフを強請っていたのを私は勢理客出身のお婆さんの埋葬の帰り、松の陰から偶然に見たのです。苗子さんに限らず、若い女たちはいつまでも私に近寄ろうとはしませんでした。

米兵たちには媚《こび》をうるのですが、米兵は誰もかれも笑みを浮かべて首を振ったり、肩をすくめたりするだけでした。女たちは外聞も忘れて必死になるのですが、米兵も冷たくなる時は冷たくなれるものでした。

私はそのような時、気が小さくなったのですが、日がたつにしたがい、そのような若い女たちをみても、鼻が高くなっていくのがわかりました。鼻が高くなっていく自分を平気で許せるようになっていくのでした。

私は家族が一人残らず戦争で死んだのが負い目でしたし、女たちも「ドゥチュイムン（独り者）」と陰口をたたいたり、私を目の前にして冷笑したりしました。これが私が冷たくなった理由でしょうか。だけど、私はしまいまで米兵を味方のようには思えませんでした。

テント幕舎は十糎間隔でバラ線が九段巻かれていました。最初は外からの侵入を防ぐものと思っていたのですが、よく考えてみますと私が逃げるのを防いでいるのでした。

私が死んだのは八月の中旬ごろのまだ夜が明けきれない時でした。私の大きな水溜には水がいっぱい入っていました。後ろから押さえつけられ、首までつっこまれました。力がはいりませんでした。少しももがかず、微塵も振り向きませんでした。

私の後頭部を押えていたのは毛むくじゃらな大男のようでもありましたし、細い指の若い女のようでもありました。いいえ、誰も私の後にはいなかったのかもしれません。

私の美しさは自分自身でも恐くなるのでした。自惚れるつもりはありません。自惚れるのはまだ気が楽です。今以上には僅かでさえ美しくはなれない。このように考える日が幾日も続きました。全身の皮膚がこわばるような息苦しさに堪えかねていました。

少し指で肌に触れるだけでも微妙に歪みはしないか、ただ歩くだけでも肌の色がおちはしないか、気が気でなかったのです。だから、私はきついわけでも、怠け心があったわけでもありませんが、何もしませんでした。しなくなりました。みんなに申し訳ないと心の中では焦ったのですが――。

　私の死体はきれいに洗われ、白い新しい板の箱に入れられました。香水の匂いがしました。米兵たちから施された棺箱でした。米兵たちは土葬にする習慣でした。しかし、私は火葬をして欲しかった。あっというまに細かい骨になりたかった。

　私の棺箱には「この人のもんだから、手をつけちゃならんよ。ちゃんと入れなさいよ」「罰があたるよ」などというざわめきと一緒に生前の私の貴重品や装飾品なども納められました。なぜ、みんなで、その時に分けて貰《もら》わなかったのかしら、と私は今でも思います。そうしたのなら、一人一人何人もの人が夜中にこっそりと経塚橋の近くの土手に埋っている私の死体を掘りおこさないでもすんだのですから。それとも私の死のまぎわの形相が凄かったのかしら。「宝物」に執着している目だったのかしら。

　私の生前、私から決して何も貰わない若い女性が六人いました。今は幸せそうな人生を送っていますので、名前はだせませんが――。

　私の「宝物」が完全に掠奪されて二カ月後に、私の棺桶を暴く女がいました。中秋の名月に近い夜でしたが、懐中電灯を持っていました。苗子さんでした。私にはもう何もないのは彼女も承知していたはずです。何を探しているのか、私は全くわかりませんでした。とてもしつこく私の顔を照らし見るのでした。

私の溶けて白骨ののぞいた、私自身でさえ見ると気絶してしまいそうな顔を――この世のものとも思えない私の顔を、薄笑いをうかべながら、じっと見ていたのです。

二千人の救助者

沖に、小さい島に成り損ねた、百メートル四方ほどの岩盤が水深数メートル下に沈んでいる。

午後十時前の闇夜、私は砂浜から手漕ぎボートに乗り、岩盤に渡り、岩盤の縁に固定されている赤い玉ブイにボートのロープをくくりつけ、水中メガネをかけ、シュノーケルをくわえ、防水電灯を握り、水に入った。足びれは片方が見つからなかったから持ってこなかった。岩盤をおおっている種々の珊瑚の下や間に大きな熱帯魚や亀が寝ていた。息つぎのために浮上したり、また、潜ったりしながら様々な貝をとり、腰にぶらさげた網に入れた。貝は私を誘うように岩盤の壁に一列にくっついていた。私はいつしか岩盤の反対側に回っていた。

貝が網を膨らませた。私は水面に出た。ボートの方角が全くわからなかった。私はおちつけと自分に言い聞かせた。電灯で方々を照らし、目をこらしたが、ボートは見えなかった。ふと、目印にした遠くの島明かりの方角をめざせばボートをくくりつけたブイにたどりつくだろうと思いついた。私は懸命に泳いだ。思わず落としてしまった電灯は遠退く蛍火のように底に沈んだ。緑の水のうねりはおかしく、私はひんぱんに水を飲んだ。

何かにぶつかった。入道のようなものが水にゆったりとゆれていた。確かにボートをくくりつけたブイなのだが、ボートは影も形もなくなっていた。急に全身の力がぬけ、私は藻がはったブイにしがみついた。この岩盤と浜の間は流れも早く、距離も四キロはあるだろう。私は救助を待とうと肝をすえた。

今夜一緒にディナーを食べた後、まだ新婚二カ月なのに妻は、ブティックの同僚の離婚の相談を受けるために彼女のマンションに一泊すると出かけてしまった。「彼女は一人になる決心をしたのよ」と妻はリゾートホテルの豪華なディナーを食べながら言った。「決心したなら、君に相談する必要はないじゃないか」と珍しく私は反論した。「決心の裏付けが欲しいのよ。もう、あなたは若いから何も知らないんだから」と同い年の妻は言った。

二千人の救助者が捜索に出たら、絶対水死しないと、去年病死した祖母はよく言っていた。だが、私が今夜潜りに出ているとは誰も知らないのだ。二千人の救助者が海に出てくるかもしれないが、私の魂のぬけた体が浮かんだり、沈んだりしてからだろう。潜りに出るというのは妻だけにしか知らせていないんだ。知らせたと言っても、リゾートホテルから一人家に帰った後、「潜りに行ってくる」とメモった紙をダイニングテーブルに置いただけなんだ。

離婚する、しないなどなんだと言うんだ。生きているだけでもいいじゃないか。妻と同僚は夜が明けたら一緒に役所に離婚届けを出しに行くと言っていたが……。手が痺《しび》れ、力が入らなくなり、私は水に沈んだ。懸命にもがきながら、浮かび上がり、またブイにしがみついた。腰にさがっている貝がひどく重たくなり、捨てた。離婚届けなんてどうでもいいもんだよ。私が今しっかりしなければ、けなげな妻は何時間か後、たいへんな届けを出しに行かなければならないはめになるんだ。

私の毛むくじゃらの足を魚がつついたりする。私はくすぐったくなり、足をばたつかせた。しばらく、じっとしていると又足がくすぐったくなる。私は足を動かしながらはっとした。この魚たちは私が生きているかどうか反応を探っているのではないだろうか。反応がなくなったら、固い珊瑚を砕き、珊瑚虫を食べるように、大学を三月に卒業し、四月に県庁に入り、幼なじみの美鈴と六月に結婚した、まだ二十二歳の私の足――足に限らず――を食べるつもりではないだろうか。私は馬鹿げていると考えながら足を動かした。

突然、私の目の前に小舟が音もなく現れた。私は思わず、「乗せてくれ」と声を出した。小舟に乗った女性たちは身動きもせずにじっと私を見ている。小舟は通り過ぎた。

小舟は同じ方向から後から後から現れた。一艘《そう》にやはり黙りこくった老若の女性が十人ほど乗っている。やはり、私の「助けてくれ」という声は耳に入らないのか、同じ方向に消えて行った。この人たちは何日も飲まず食わずのように痩せこけている。リゾートホテルのディナーをたらふく食べた私をうらめしそうに見ているようにも思える。私と同い年ぐらいの女性もいる。十四、五歳の女性も何人もいる。このような女性たちも、私が「助けてくれ」と息絶え絶えに声を出しているのに、ただ私を見つめ、通り過ぎて行った。この世にこのような非情な人間もいるのだろうかと私は絶望感に襲われた。

事も無げに私の前を通り過ぎる小舟を見ているうちに私は救いを求める気力を失い、ただ、この小舟たちはどこに行くのだろうと思った。スキューバダイビングのセットや漁具どころか、クーラーボックスも食料も何も積んでいないし、化粧どころか何日も洗顔さえしていないように見える。一瞬、この人たちは声も出さず、身動きもしないが、私に助けを求めていると感じた。

激戦地の南部の海岸から夜、海岸沿いに奄美大島に避難する人たちが小舟を必死に漕いだという。もしかすると、私の助けを求めているのではなく、モンペやセーラー服を着たり防空頭巾をかぶっているこの人たちは、私に小舟を奪われるという恐怖にとらわれているのではないだろうかと私は思った。目を凝らした。まだ、明らかに息をしている私をうらめしそうに見ている。この人たちは座っているし、目も開いているのだが、死んでいるのではないだろうか。

私は次々と現れる小舟が恐くなり、目をつぶった。しかし、小舟が通り過ぎるのがわかる。この人たちはいつのまにか二千人になるかもしれないと考え、私は助かりたい一心から目を開けた。

小舟はどこにもいなかった。暗やみから不意に現れそうな予感はするのだが、いつまでも出てこなかった。時間が過ぎた。

祖母は若いころ、アオサ（ひとえ草）を採っている時、足をすべらせ、頭をうち、気を失った。意識を取り戻した時には潮にまかれていた。「もう、うちは死ぬ」と泣いた。結局、一人のサバニ（小舟）漁の老人に助けられたのだが、頭をうったせいか、また死の寸前からの生還がいつまでも現実とは思えないのか、二千人の人が海に出、自分を捜し回ったと信じるようになった。だから、祖母が言う、二千人の人が捜索に出たら、助かるというのは何の根拠もないのだ。

夜が白々と明けた。私は赤いプラスチック製の玉ブイにしがみついていた。二百メートルほど離れた向い側にも同じようなものが浮いていた。白い大型客船がブイとブイの間の青黒い水路に入ってきた。闇に慣れた目にはひどくまぶしかった。船がたてる大きなうねりが私を激しくゆさぶった。私は最後の渾身《こんしん》の力をこめ、ブイにしがみついた。客船のエンジン音が消え、波が静まった。

朝の清々しい光と海風を浴び、制服を着た、本土からの修学旅行の女子中、高校生たちが一階、二階、三階のデッキから私を見下ろしていた。早起きの女生徒たちは私をゆびさしたり、手をふったり、デッキを駆け回り、仲間に知らせに行ったりした。みるみる女生徒たちは増えた。

ほどなく、数人の水夫が乗ったボートが甲板の脇から降ろされた。ボートは私に近づいてきた。この大型客船に乗っているのは何人なのか想像がつかなかったが、夜中の小舟に乗っていた人たちを合わせると二千人になるだろうと私はぼんやり思った。

沖縄戦幻想小説集

夢幻王国

巻末解説

語れないものを語る作家の妙技

大城貞俊

1

又吉栄喜は多様な作品世界を有している。多様な題材を多様なテーマで剔出《てきしゅつ》し、先見的な方法を駆使して私たちを倦《う》ませることがない。換言すれば又吉栄喜の作品世界は謎だらけなのだ。

翻って考えるに、私たちの住む世界こそが謎だらけのようにも思われる。時代は混迷の様相を呈している。個人の価値観が国家の価値観にも止揚され、世界の各地では絶え間なく悲惨な戦争が繰り返されている。民族や宗教の相違から生じる衝突だけでなく、まさにイデオロギーやアイデンティティが他者や他国を蹂躙する。個の世界が公の世界と往還する。矛盾や不幸に陥りながらも人々は必死に堪え幸せを求めているようにも思われる。

ところで、又吉栄喜の文学は自らが住んでいる沖縄の土地にスポットを当てるところに特質の一つがある。私たちの土地に埋もれた弱者の言葉を掘り当てる。混迷な時代の混迷な様相を浮き彫りにする。回答は保留のままにし判断は読者の私たちが担うのだ。

文学とは、あるいは曖昧なままにある境域に光を当てアポリアな問いを提出することかもしれない。又吉栄喜の作品に登場する人物は多くの問いを抱えたままで立ち往生する。デフォルメされた言動は隠蔽された課題を浮かび上がらせる。身近なだれかに似た主人公の造形の巧みさとおかしさ。これらの人物が作り出す喜怒哀楽の世界は確かに私たちの世界であることを発見して驚いてしまうのだ。

曖昧な問いを明らかな問いにして具現化する。語れないものを語る作家の妙技が確かにここにはある。しかし、肝心なのは、このような時代を投影した人々の姿や行方には、絶望だけでなく希望の隘路をも嗅ぎ取ることができるのだ。予測不可能な人物であるがゆえに、多様な可能性が示される。この世界が又吉文学の魅力の一つである。

2

又吉栄喜は一九四七年沖縄県浦添市に生まれた。一九七五年に発表された処女作「海は蒼く」は「第一回新沖縄文学賞」佳作を受賞する。その後、時を経ずして一九七六年には「カーニバル闘牛大会」で「第四回琉球新報短編小説賞」、一九七七年には「ジョージが射殺した猪」で「第八回九州芸術祭文学賞」、一九八〇年には「ギンネム屋敷」で「第四回すばる文学賞」、そして一九九六年には「豚の報い」で「第一一四回芥川賞」を受賞する。

「海は蒼く」を発表したのは二十六歳の時だから、青年期から古希を過ぎた今日まで、およそ五十年もの間小説を書き続け、多様で多彩な話題作を提示し続けてきたことになる。

例えばその幾つかを紹介すると、処女作の「海は蒼く」は、二十代の又吉栄喜の瑞々しい感性があふれている。主人公は十九歳の女子学生だ。主人公もまた繊細な感性の持ち主で、それゆえに生きることに懐疑的になっている。そんな主人公が年老いた漁師の言葉に癒やされ自らを発見し希望を取り戻す作品だ。私には主人公の姿に、表現者としての又吉栄喜の姿を重ねてしまう。表現者として出発の号砲を告げる作品のようにも思われるのだ。

「カーニバル闘牛大会」は、穏やかな文体で沖縄の状況を登場人物に象徴させた。しかし、物語の深部には鋭い告発の刃がある。少年の目から見る大人たちの姿を通して米軍支配下にある沖縄の状況を絶望と希望を交えて描いた作品だ。

「ジョージが射殺した猪」は、米軍基地の兵士の姿を、これまでの強い兵士としての固定概念を転倒させ、弱くナイーブな一箇の人間として描いている。人間の姿を、民族や国境をボーダーレスにしてピュアな存在として描くことも又吉文学の特質の一つである。

「ギンネム屋敷」は、戦後を生きる人間の姿を描いたが、戦争で瓦解した人間の精神は容易には修復できない。それも虐げられた弱者にこそ絶望的な楔《くさび》として刻印される記憶となる。そんな重いテーマを鮮やかに提示した作品とも言える。

「豚の報い」は、沖縄という土地に根ざした「マブイ（魂）」や「ウタキ（御嶽）」、さらに食文化としての「豚」などを援用しながら、逞しく生きる人間の強さと弱さを描いた作品だ。さらに近作「仏陀の小石」では、沖縄とインドを往還しながら、登場人物の「作家」に、小説を書く方法を易《やさ》しく開示させている。そして、昨年二〇二二年には、『又吉栄喜小説コレクション』全四巻を出版し、これまでの未刊行作品四十四編を網羅した。第一巻には年譜も付記されている。このことによって、ますます「又吉栄喜文学」の研究が盛んになるであろう。

そして今日、これらの軌跡を経て又吉栄喜の新たな作品世界が、本書によって提示されたように思われるのだ。

3

本書に収載された作品は、書き下ろされた四編の作品と、かつて新聞紙上に発表された二編の掌編小説から構成されている。「沖縄戦幻想小説集」と名付けたのは著者の意向だという。

沖縄戦の体験や悲劇の継承は、沖縄で表現活動をする多くの人々にとって重要なテーマの一つである。しかし、「幻想小説」というスタイルでの作品は新しいアプローチであろう。このこと一つを取っても、又吉栄喜の創作意欲は今なお健在で旺盛であることが分かる。沖縄戦を描く新しい方法の開拓と挑戦である。実際、沖縄戦をテーマにした興味深い作品が収載されている。

特に、語れないものを小説作品として語る作家の妙技は刺激的である。だれもが自明としてきた沖縄戦を、名も無い生活者のレベルから俯瞰し透視する。言葉は私たちを貫き攪乱する。私たちは、私たちの中に住んでいる他者を発見し、他者の中に潜んでいた私たちを発見する。これこそが小説の力であろう。

「全滅の家」は、この世とあの世の幽界を舞台にした作品だ。主人公の「僧」(＝浜元彦市)は自らを求道者のように思い、「僧」と呼ばせている。戦争の一年前は十三歳。戦後数年が経過した二十歳のころ、ある寺の住職に仕え修行に励む。住職が寄付金を遊興費に充てるなどの不正に気づいて寺を出る。その後宮里村の小さな寺で修行をやり直す。昭和二十五年のことだが、ここから物語は奇妙な浮遊感覚を有しながら展開する。どうやら僧は精神を病んでいて病院へ入院して治療を受けているようにも思われる。僧の住まいは寺なのか病院なのか判然としない。病者と正常者の区別も曖昧になる。海辺に散歩に出掛けた僧は、白いワンピースを着た少女と出会う。一家全滅の家族の話を聞き、供養をお願いされる。ためらいながらも受託するのだが、一緒に供養をしていた村人が、いつの間にか全滅した住人の家族に入れ替わる。死者が死者を弔っているのか。供養を依頼した少女も、死者の一人であったのか。生者と死者の区別が曖昧になる。物語は多くの問いを重ねながら展開され、一家全滅の家族の悲劇が徐々に明らかにされるのだ。

「兵の踊り」は、いかにも沖縄戦幻想小説だ。死者を忘れずにあの世とこの世をボーダーレスにする沖縄の精神風土を小説に定着させた。主人公の「僕」は沖縄本島北部の経塚集落に住んでいる。昭和元年生まれの僕は幼くして両親を亡くし、区長である叔父に育てられる。立派な兵士になることが僕の夢だ。僕は親しい友人の和夫たちと一緒にエイサーを踊るのだが、背が低く病弱であるため大きな太鼓を操ることができない。それゆえにチョンダラーの役を精一杯演じている。昭和十九年、僕はやはり徴兵検査で不合格になった。エイサーを踊った仲間たちはみんな徴兵されて戦死する。和夫の母親も、和夫を慕っている早智子も和夫の死に衝撃を受ける。

終戦後、村に活気を取り戻すために、区長の計らいで再びエイサーを復活させる試みがなされる。村の青年たちはほとんど戦死してしまったので、どこからか呼び寄せたエイサー隊が村を練り歩く。ところが、エイサー隊は全員が顔を白く塗っている。戦死した和夫たちのようにも思われるが定かでない。しかし、その中でチョンダラーを踊っているのは、確かに生きている僕であるようにも思われるのだ……。

不条理な問いが幾つも発せられ、不条理な出来事が幾つも重ねられる。戦争に征く和夫と征かない僕の違い。戦争に村の伝統行事であるエイサーを対峙させる問いの広がりと深さ。逞しい和夫の死と貧弱な僕の生の意味。デフォルメされた僕の思い。チョンダラーという造形の妙……。フィクションとしての小説の特権を見事に駆使して作品世界を作り上げたと言えよう。

「平和バトンリレー」は、様々な比喩と逆説を一つの語句やフレーズに重ねたままで展開される作品のように思われる。それゆえに喚起される想像力は容易に鮮明な像は結ばない。昭和三十年初め、小学五年生の「僕」と友人の雄一郎が体験した不思議な世界が語られる。それは見たかもしれないし見なかったかもしれない日常であり非日常だ。また二人に語られる死者たちの日常であり非日常である。

雄一郎の父親は戦争体験のトラウマを抱えて気が狂い自殺をしてしまう。強いもの、屈強な世界に憧れる雄一郎にとって、父の仇を討つためには戦争はまだ続いていなければならない。人口に膾炙される「平和」の言葉は皮肉にも空虚にも響く。戦死者の幽霊たちは雄一郎だけでなく私たちの傍らにもいつでも立っている。「平和バトンリレー」は貫徹されたのか、「新しい日本兵」を作るのか、と私たちに問いかけている。

「夢幻王国」もまた、読者を混乱のままに置き去りにする作品だ。作品の展開を担う主人公は尚子。尚子は沖縄戦で死を免れた生者のようにも思われるが死者のようにも思われる。

尚子は琉球王国の時代の踊り奉行を務めた士族の末裔のようだ。同時に当時の国王から寵愛を受けたチルーにもなり、王国を愛してやまない母親の悦子にもなる。登場人物は時間や空間を飛び越え、いくつもの姿になって存在する。そして本作品で展開される戦争は、先の太平洋戦争だけではない。琉球処分と呼ばれ、琉球王国が解体された明治期の日本国と琉球国との間の戦争でもあり、薩摩の侵略を受けて傀儡政権となった時代の戦争のようにも思われる。

尚子はいずれの戦争をも生き延びて琉球王国を敬愛する人々の住む浦和集落にたどり着くのだが、そこに住む人々もまた集落も実在しない幻影のように思われる。分かっていることは、すべての登場人物が、今では滅亡した琉球王国を愛し王国復興の幻想を抱いていることだ。この主題をキーワードに物語は展開する。言い換えれば琉球王国を介して沖縄戦を見つめ直す。詳細な描写を通して展開される物語は、パッチワークのようにうまくつなぎ合わせることはできない。物語は奇妙な余韻を残して幕が下りるのだ。あるいは幕は上がり続けているのかもしれない。

掌編小説「経塚橋奇談」と「二千人の救助者」も不思議な味わいを持った作品だ。「経塚橋奇談」は戦争の不条理さを明らかにする。戦争で死んだかと思われる幽霊になった

「私」が語り手だ。怪談、奇談、異談を作り出すのが戦争なのか。日常と非日常の世界をボーダーレスにし、手に負えない偶然を作り出すのが戦争なのか。作品は掌編ではあるが掌に余る多くの問いを投げかけているようにも思われる。

「二千人の救助者」は一九九九年八月十二日「毎日新聞夕刊」に掲載された。主人公の「私」は闇夜、ボートに乗り、沖合に出て海に潜ったが、私はボートを見失った。私は救助者を待とうと肝を据える。突然目の前に小舟が現れる。「助けてくれ」と声を出すが、小舟は次々と通り過ぎる。私はいつしか助けを求めているのは私ではなく、小舟に乗った人々ではないかと思い始める。私は沖縄戦の際、「激戦地の南部から夜、海岸沿いに奄美大島に避難する人たちが小舟を必死に漕いだ」というエピソードを思い出す。命はどのように選別されるのだろうか。戦場で助けられなかった二千人の命と、平和な時代に助けられる一人の私の命……。戦争では命の悲喜劇も選ばれることなく訪れるのだ。

4

又吉栄喜は、沖縄で沖縄を書く芥川賞作家だ。このことは徹底している。それゆえに沖縄文学の開拓者であり牽引者でもあるのだ。

本書でも小説という手法でしか描けない無数の問いを「沖縄戦幻想小説」として新しい方法を設定して提示した。本書のユニークさはこの方法にあるだろう。もちろん、これらのことは、戦争の不条理さだけでなく人間の不可解さをも提示する。蛇足ながら、人間の不可解さは同時に人間の可能性につながることも示唆している。

ところで、沖縄の戦後文学の担い手たちは困難な時代に背を向けることなく、むしろ困難な時代をこそ表現してきた。沖縄戦では県民の三分の一から四分の一の人々が犠牲になる。本土防衛の島として位置づけられ多くの悲劇が生み出される。にもかかわらず、国策により、県民は戦後の二十七年間を亡国の民として米国民政府統治下に置かれる。県民の人権を無視したかのような軍事優先政策の統治が続くなか、平和な島の建設を夢見て一九七二年には日本復帰を勝ち取る。

しかし、多くの県民の願いは顧みられることなく、逆に復帰と同時に、本土にある米軍基地の多くは沖縄県に移駐される。現在、辺野古新基地建設が多くの県民の反対を押し切って進められている。それだけではない。国家の安全保障を担う島として、与那国、石垣、宮古など南西諸島には有事を想定されて自衛隊基地が次々と建設されている。

沖縄はどの時代も常に過渡期である。それゆえに沖縄の表現者たちの特質の一つに、時代に対して倫理的であることが上げられる。自らが生きて生活するこの沖縄こそが、最も関心のある場所なのだ。この場所から離れることなく、沖縄の表現者たちの言葉は紡がれる。

又吉栄喜は多様な貌を持ち多様な表現者であるが、その作品世界は紛れもなくこの沖縄の地に大きな碇《いかり》を降ろしている。むしろ先駆者として沖縄の表現者たちを鼓舞しているように思われる。本作品集に収載された作品群はこのことの証左であろう。死者を疎かにしない沖縄の精神風土と見事に融合した作品世界を作りあげている。少なくともこの文脈で本書に収載された作品を読むと、曖昧な作品世界の理解に一歩も二歩も近づくことができるように思われる。そのとき、作品の有する分かりにくさが、改めて魅力的な衣装をまとって立ち上がってくるはずだ。

又吉栄喜は、どんな困難時にも希望を捨てることなく、「夢幻王国」を夢見ているようにも思われる。あるいは「夢幻王国」を夢見ることの力を、私たちに示唆しているようにも思われるのだ。

又吉栄喜（またよし　えいき）

1947年、沖縄・浦添村（現浦添市）生まれ。琉球大学法文学部史学科卒業。1975年、「海は蒼く」で新沖縄文学賞佳作。1976年、「カーニバル闘牛大会」で琉球新報短編小説賞受賞。1977年、「ジョージが射殺した猪」で九州芸術祭文学賞最優秀賞受賞。1980年、「ギンネム屋敷」ですばる文学賞受賞。1996年、「豚の報い」で第114回芥川賞受賞。琉球新報短編小説賞、新沖縄文学賞、うらそえYA文芸賞などの選考委員を務める。

主な著作

『ギンネム屋敷』（集英社、1981年）/『短編小説集 パラシュート兵のプレゼント』（海風社、1988年）/『豚の報い』（文藝春秋、1996年）/『波の上のマリア』（角川書店、1998年）/『海の微睡み』（光文社、2000年）/『陸蟹たちの行進』（新潮社、2000年）/『人骨展示館』（文藝春秋、2002年）/『巡査の首』（講談社、2003年）/『鯨岩』（光文社、2003年）/『夏休みの狩り』（光文社、2007年）/『呼び寄せる島』（光文社、2008年）/『漁師と歌姫』（潮出版社、2009年）/『時空超えた沖縄』（燦葉出版社、2015年）/『仏陀の小石』（コールサック社、2019年）/『短編小説集 ジョージが射殺した猪』（燦葉出版社、2019年）/『亀岩奇談』（燦葉出版社、2021年）/『又吉栄喜小説コレクション全４巻』（コールサック社、2022年）

［映画化作品］
「豚の報い」（崔洋一監督）「波の上のマリア」（宮本亜門監督「ビート」原作）
［舞台化作品］
「ジョージが射殺した猪」（コンディショングリーン演出）「ギンネム屋敷」（加藤直演出）「士族の集落」（照屋京子演出）「ギンネム屋敷」（沖縄ジャンジャン演出）
［翻訳作品］フランス、イタリア、アメリカ、中国、韓国、ポーランドなどで「人骨展示館」「果報は海から」「豚の報い」「ギンネム屋敷」「憲兵闖入事件」「カーニバル闘牛大会」「ジョージが射殺した猪」「闘牛場のハーニー」

沖縄戦幻想小説集

夢 幻 王 国

2023年 6月30日 第1刷発行

著　　者　又吉 栄喜
装　　幀　宗利 淳一
カバー画
挿　　絵　赤嶺 進
発 行 人　川満 昭広
発　　行　株式会社インパクト出版会
東京都文京区本郷 2-5-11　服部ビル 2F
Tel03-3818-7576　Fax03-3818-8676
impact@jca.apc.org　http://impact-shuppankai.com/
郵便振替　00110-9-83148

印刷・製本　モリモト印刷